Chantelle Shaw

Una aventura en el paraíso

Editado por HARLEQUIN IBÉRICA, S.A.
Núñez de Balboa, 56
28001 Madrid

I.S.B.N.: 978-84-9010-858-1
Depósito legal: B-4990-2012
Editor responsable: Luis Pugni
Fotomecánica: M.T. Color & Diseño, S.L. Las Rozas (Madrid)
Impresión en Black print CPI (Barcelona)
Fecha impresion para Argentina: 22.10.12
Distribuidor exclusivo para España: LOGISTA
Distribuidor para México: CODIPLYRSA
Distribuidores para Argentina: interior, BERTRAN, S.A.C. Vélez
Sársfield, 1950. Cap. Fed./ Buenos Aires y Gran Buenos Aires,
VACCARO SÁNCHEZ y Cía, S.A.
Distribuidor para Chile: DISTRIBUIDORA ALFA, S.A.

Capítulo 1

BELLE Andersen sacó el teléfono móvil del bolso y leyó el mensaje de texto que había recibido de Larissa Christakis, que le explicaba cómo llegar a la isla griega propiedad de su hermano Loukas.

Como voy a casarme en Aura, sería estupendo que pudieses venir a la isla a trabajar en el diseño de mi vestido, para que pudieses hacerte a la idea del entorno. Puedes tomar el ferry en el puerto de Lavrion en Atenas hasta la isla de Kea. Dime a qué hora tienes planeado llegar y me aseguraré de que te esté esperando un barco para traerte a Aura.

Hacía diez minutos que había llegado el ferry y ya estaban desembarcando los últimos pasajeros. En el muelle había varias barcas de pesca, que se balanceaban suavemente sobre el mar color cobalto que reflejaba el cielo azul. El pequeño puerto de Korissia era un lugar pintoresco. Ante él se alineaban las casas blancas y cuadradas, con tejados color terracota, y detrás de estas se levantaban las montañas, bañadas con los alegres colores de las flores silvestres.

Belle apreció la belleza de aquel lugar, aunque, después del vuelo de cuatro horas a Atenas y otra hora más en ferry, estaba deseando llegar a su destino. Tal vez alguna de aquellas barcas de pesca estuviese allí para recogerla. Se hizo sombra con la mano y vio a un grupo de pescadores charlando, ajenos a ella. Los demás pasajeros del ferry se fueron hacia la ciudad. Belle suspiró, tomó sus maletas y echó a andar hacia los pescadores.

El cálido sol de mayo era una delicia, en comparación con el frío que había dejado atrás en Londres. Hizo una mueca al recordar la reacción de su hermano Dan cuando le había contado que iba a pasar una semana en Grecia, mientras él se quedaba en la vieja casa flotante que tenían en el Támesis.

—Al menos, piensa en mí mientras estés codeándote con algún multimillonario griego en ese paraíso —había bromeado—. Mientras tú te pones crema solar, yo estaré poniéndole parches al barco, otra vez, antes de irme a Gales a una sesión de fotos.

—Voy a trabajar, no a tomar el sol —le había respondido ella—. Y no creo que tenga la oportunidad de estar con Loukas Christakis. Larissa me dijo que su hermano pasa mucho tiempo en las oficinas centrales de la empresa, en Atenas, o visitando proyectos por todo el mundo. Hasta decidieron la fecha de la boda de acuerdo con la agenda de Loukas. Al parecer, solo tenía libre la última semana de junio.

Belle frunció el ceño mientras seguía andando por

el muelle. Larissa le había mencionado en múltiples ocasiones a su hermano, y era evidente que lo adoraba, pero ella tenía la impresión de que Loukas Christakis era un hombre acostumbrado a salirse siempre con la suya, y que Larissa se sentía intimidada por él.

Incluso el hecho de que ella tuviese que diseñar y hacer el vestido de novia de Larissa, así como los de sus dos testigos, en cinco semanas en vez de en los seis meses que solía necesitar era, en parte, culpa de Loukas. Aunque él no tenía la culpa de que el primer diseñador al que había acudido su hermana la hubiese dejado tirada. Larissa no le había dado detalles al respecto, pero la insistencia de Loukas de que la boda siguiese celebrándose a finales de junio debía de haberla presionado mucho. De hecho, había estado a punto de ponerse a llorar cuando había ido a verla al estudio, y se había sentido muy aliviada cuando Belle le había asegurado que podría tener el vestido a tiempo.

Frunció el ceño todavía más al recordar cómo le había temblado la voz al pedirle que fuese a Aura a empezar el diseño. Belle todavía no conocía a Loukas Christakis, pero ya le caía mal.

Se dijo que no era justo que su relación con John Townsend, el hombre dominante que había creído que era su padre, influyese en su manera de ver a otros hombres. Seguro que el hermano de Larissa era encantador. Al menos, así se lo parecía a muchas mujeres, a juzgar por lo que decían de él en la prensa del corazón.

Una lancha motora que surcaba el mar captó su

atención. La vio aminorar la marcha y acercarse al muelle. Era un barco que llamaba la atención, pero lo que hizo que a Belle se le acelerase el corazón no fue la lancha, sino el hombre que la conducía.

Cuando Larissa le había dicho que alguien iría a recogerla para llevarla a Aura, a Belle ni se le había pasado por la cabeza que pudiese tratarse de Loukas Christakis en persona. Las fotografías que había visto de él en periódicos y revistas no le hacían justicia. Tenía el mismo pelo moreno y grueso, el mismo rostro cincelado, los mismos labios sensuales, pero una fotografía no podía captar su aura de poder, el magnetismo que irradiaba, que hacía imposible apartar la vista de él.

–¿Es Belle Andersen? –le preguntó con voz profunda y grave.

Ella sintió calor.

–Sí –balbució con el corazón latiéndole a toda velocidad mientras él amarraba la motora al muelle.

–Soy Loukas Christakis –se presentó él, acercándose con paso seguro.

Era muy alto, tenía las piernas largas, enfundadas en unos vaqueros desgastados. La camiseta negra marcaba un abdomen fuerte y musculoso y el cuello en V revelaba un torso moreno y cubierto de bello oscuro.

¡Era impresionante! Belle tragó saliva. Era la primera vez en su vida que se sentía así delante de un hombre. Tenía el corazón acelerado y le sudaban las palmas de las manos. Quería hablar, hacer algún comentario banal acerca del tiempo para romper la tensión, pero tenía la boca seca y, al parecer, su cerebro había dejado de funcionar. Deseó que él no llevase gafas de sol. Tal vez, si pudiese verle los ojos, le impondría menos respeto.

La profesionalidad llegó por fin al rescate y Belle le tendió la mano.

—Encantada de conocerlo, señor Christakis —murmuró—. Larissa me habló de usted cuando estuvo en mi estudio de Londres.

Belle tuvo la sensación de que él dudaba un instante antes de darle la mano. Lo hizo con firmeza, y ella volvió a ser consciente de su poder y de su fuerza.

Luego le soltó la mano, pero en vez de apartarse, la agarró del brazo.

—Es un placer, señorita Andersen —respondió él con cierta impaciencia—. Necesito hablar con usted. ¿Le importa si buscamos algún sitio donde podamos sentarnos?

Sin esperar su respuesta, tomó la mayor de sus maletas, se la metió debajo del brazo y echó a andar por la carretera, hacia un bar que tenía terraza. Belle intentó seguir su paso a pesar de los tacones.

Cuando llegaron a la terraza, Loukas le ofreció una silla y luego se sentó enfrente de ella, pero Belle había ido a Grecia a trabajar, no a disfrutar del sol, y estaba deseando empezar.

—Señor Christakis...

—¿Qué desean? —preguntó un camarero.

Loukas le habló en griego y la única palabra que entendió Belle fue «retsina», que sabía que era «vino».

—Yo quiero un zumo, por favor —dijo enseguida.

El camarero miró a Loukas, casi como si le estuviese pidiendo permiso para llevarle el zumo a Belle. Esta se miró el reloj y vio que hacía ocho horas que había salido de casa. Tenía calor, estaba cansada y no estaba de humor para complacer a un hombre con un ego descomunal.

–Señor Christakis, la verdad es que no quiero tomar nada –le dijo en tono seco–. Me gustaría ir directamente a Aura. Su hermana me ha encargado el diseño de su vestido de novia y, dado que solo tengo un mes de plazo, necesito ponerme a trabajar de inmediato.

–Sí... –dijo él, quitándose las gafas de sol y mirando a Bella con frialdad–. De eso es de lo que quiero hablarle.

Tenía los ojos de color piedra, la mirada dura e intransigente. Belle se sintió decepcionada al darse cuenta de que no había calor en ella. ¿Cómo había podido pensar que la atracción que sentía por él podía ser recíproca? Y todavía era más ridículo que hubiese deseado que lo fuera. Intentó apartar aquella idea de su mente y se obligó a mirarlo a los ojos, consciente de la rapidez con la que le latía el corazón al estudiar sus cejas oscuras, su nariz prominente y sus generosos labios. La barba de dos días hacía que fuese todavía más atractivo.

Belle se preguntó cómo serían sus besos. Y le sorprendió podérselos imaginar con tanta claridad.

Loukas frunció el ceño y la miró de manera especulativa. ¿Le habría leído el pensamiento? Avergonzada, Belle se ruborizó. Todo en él rebosaba arrogancia. Sin duda, estaba acostumbrado a tener aquel efecto en las mujeres. «Tierra, trágame», pensó ella.

La vida estaba resultando ser sorprendentemente difícil. Loukas frunció el ceño, irritado, al observar a la mujer que tenía delante y ver cómo se ruborizada. Tenía que haberle resultado sencillo informar a Belle Andersen de que había habido un cambio de planes y ya no requerían sus servicios. Después, le habría firmado un cheque para compensarla por los gastos del viaje y la habría mandado de vuelta a Atenas. En su lugar, se quedó hipnotizado con sus ojos azules, bordeados por unas largas pestañas de color castaño y de una vulnerabilidad inquietante.

No había esperado que fuese tan guapa. Y lo que todavía le sorprendía más era cómo había reaccionado al verla. Se pasaba la vida rodeado de mujeres bellas. Salía con modelos y glamurosas mujeres de la alta sociedad, y las prefería altas, esbeltas y sofisticadas. Belle era menuda, como una muñeca, pero desde que la había visto en el muelle, no había logrado apartar los ojos de su exquisito rostro.

Sus rasgos eran perfectos: los ojos azules y brillantes, la nariz pequeña, los pómulos marcados y unos suaves labios rosados muy tentadores. Llevaba el pelo escondido debajo del sombrero de ala ancha, pero teniendo en cuenta que tenía la tez clara, debía de ser rubia. El sombrero color crema con el ribete negro era el complemento perfecto para el traje de chaqueta y falda que llevaba puesto. Unos tacones negros y un bolso del mismo color completaban el conjunto.

Loukas se preguntó si iría vestida con una de sus creaciones. Si era así, tal vez no mereciese la pena preocuparse por el vestido de novia de Larissa. Apartó aquella idea de su mente, Belle Andersen era una desconocida. La noche anterior, después de que su hermana le hubiese anunciado que había escogido a otra diseñadora para su vestido de novia, Loukas había hecho una búsqueda en Internet y se había enterado de que la empresa de esta, Wedding Belle, casi no había obtenido beneficios el año anterior y contaba con escaso capital.

Loukas sabía que, en parte, era responsable de que su hermana no tuviese vestido a cinco semanas de la boda. Tenía que haberse informado y haber sabido que Toula Demakis, la diseñadora griega a la que le había encargado el vestido, estaba al borde de la quiebra, pero había estado de viaje cuando su hermana había ido a ver a Toula y le había pagado el importe completo del vestido por adelantado.

¿Era culpa suya que su hermana fuese tan ingenua, tan idealista? En cualquier caso, Larissa lo era todo para él. Había hecho el papel de padre con ella durante casi toda su vida y tal vez la protegiese en exceso. Con la inminente boda, había decidido hacerse cargo de la situación y le había pedido a su amiga e internacionalmente conocida diseñadora de moda, Jacqueline Jameson, que le hiciese el vestido de novia, sin saber, hasta la noche anterior, que su hermana ya se había puesto en contacto con otra diseñadora.

Tal vez fuese injusto sospechar de la señorita Andersen solo porque Toula Demakis les hubiese salido rana, pero él, al contrario que su hermana, nunca confiaba en nadie. Era una lección que había aprendido por las malas, y que le había sido de gran utilidad tanto en su vida privada como en los negocios. Tal vez se pudiese confiar en aquella diseñadora inglesa, pero quedaba muy poco tiempo para la boda y no podía arriesgarse.

Se inclinó hacia delante y estudió los delicados rasgos de Belle. Era muy atractiva, pero él solo debía pensar en su hermana. Aquella inesperada atracción era intrascendente y estaba seguro de que se olvidaría de ella un par de minutos después de que hubiese vuelto a subirse al ferry. No obstante, era una pena. En otras circunstancias no habría perdido ni un momento en intentar seducirla...

Belle deseó que Loukas Christakis dejase de mirarla así. Cada vez se sentía más acalorada y, en cuanto les hubieron llevado las bebidas, se tomó su zumo de un trago.

–Veo que al final sí que tenía sed –comentó él en tono seco.

Ella se ruborizó.

–Llevo todo el día viajando –comentó.

–Se lo agradezco... Y sé que lo último que quiere oír ahora es que el viaje era innecesario, pero me temo que debo informarle de que mi hermana ha escogido a otra diseñadora para que le haga el vestido de novia y ya no requiere sus servicios.

Durante unos segundos, Belle lo miró fijamente, en silencio.

–Pero...

–Espero que esto sea suficiente para compensar el dinero y el tiempo gastados –continuó Loukas, abriendo la cartera y tendiéndole un trozo de papel.

Aturdida, Belle tomó el cheque. La cifra escrita en tinta negra cubría los gastos del viaje cien veces, pero no pudo aliviar su decepción.

–No lo entiendo –admitió despacio–. Ayer mismo recibí un mensaje de texto de Larissa en el que me decía lo emocionada que estaba porque yo fuese a diseñarle el vestido, y que estaba deseando que llegase. ¿Me está diciendo que ha cambiado de opinión?

Vio dudar a Loukas, pero su respuesta fue:

–Me temo que sí.

Belle no supo qué decir. Sintió que le faltaba el aire, como si alguien le hubiese dado un puñetazo en el estómago. Miró fijamente el cheque y notó que se le nublaban los ojos.

No podía llorar, pero iba a hacerlo. La boda de Larissa era el mayor acontecimiento social del año.

Loukas Christakis era uno de los hombres más ricos de Grecia y mucha gente importante iba a asistir a la boda de su única hermana.

–En realidad, no conozco ni a la mitad de los invitados –le había confesado Larissa a Belle–. Si te soy sincera, habría preferido algo más íntimo, pero sé que Loukas está decidido a convertir mi boda en el día más memorable de mi vida, así que no puedo quejarme.

Aquel encargo habría dado mucha publicidad a Wedding Belle, le habría granjeado otros pedidos y la habría ayudado a devolver el préstamo al banco.

Pero Belle se dio cuenta de que no solo estaba decepcionada porque había perdido una oportunidad de negocio, sino porque Larissa le había caído bien desde el principio y pensaba que la sensación había sido mutua. Por eso no entendía que hubiese cambiado de opinión. No tenía sentido.

Frunció el ceño al recordar algo que Larissa le había dicho cuando había estado en su estudio:

–Loukas quiere que sea Jacqueline Jameson quien me haga el vestido.

Belle conocía a Jacqueline Jameson y sabía que era una de las diseñadoras favoritas de las actrices de Hollywood.

Miró con desconfianza al arrogante hombre que tenía sentado delante y se preguntó si Loukas se habría salido con la suya. ¿Habría presionado a su hermana para que se decidiese por la diseñadora que le gustaba a él?

Solo había una manera de averiguarlo, y era preguntándoselo a Larissa. Así que Belle sacó el bolso y tomó su teléfono.

Se dio cuenta de que, al otro lado de la mesa, Loukas ya no parecía tan relajado y que la observaba atentamente.

–¿Tiene que hacer una llamada ahora? –inquirió, frunciendo el ceño.

–Tenía un acuerdo con su hermana –le informó ella–. Solo me gustaría comprobar que Larissa está decidida a encargar su vestido de novia a otro diseñador. Eso, si es que ha sido ella la que ha tomado la decisión.

Capítulo 2

NO ES necesario implicar a mi hermana en esto.

Belle dio un grito ahogado cuando Loukas se inclinó por encima de la mesa y le quitó el teléfono de la mano. Intentó sujetarlo, pero no pudo.

–¿Cómo se atreve? Devuélvamelo. ¿Qué quiere decir con eso de que no es necesario implicar a su hermana? Al fin y al cabo, se trata de su boda, ¿o es que se le ha olvidado?

Loukas entrecerró los ojos ante aquel tono de voz. Muchos años atrás había sido un inmigrante pobre, que había vivido en una de las peores zonas de Nueva York, pero en esos momentos era un multimillonario y estaba acostumbrado a que todo el mundo lo tratase con cierta deferencia.

–Sé lo que es mejor para mi hermana. Y, con el debido respeto, señorita Andersen, estoy casi seguro de que no es usted.

Belle parpadeó, sorprendida por aquella arrogante afirmación. No obstante, había pasado muchos años con un hombre parecido, al que tenía la suerte de no tener que seguir llamando «padre», y se negaba a dejarse intimidar por ningún otro.

–Larissa no ha cambiado de opinión, ¿verdad? –lo retó–. Usted ha decidido que Jacqueline Jameson le haga el vestido. ¿Por qué? ¿Acaso ha visto alguno de mis vestidos? ¿Por qué está tan seguro de que no puedo hacerle a Larissa el vestido de novia perfecto?

Loukas apretó la mandíbula, pero tuvo que reconocer que, en cierto modo, aquella mujer tenía razón.

–No, no he visto nada de su trabajo –admitió.

A pesar de su enfado, Bella no pudo evitar posar la mirada en sus anchos hombros. Debía de hacer mucho deporte. Tenía la piel bronceada y los antebrazos cubiertos por un fino bello oscuro. ¿Cómo serían sus abrazos?

De repente, se dio cuenta de que Loukas le estaba hablando otra vez y tuvo que obligarse a dejar de pensar en su sensual cuerpo.

–Pero tiene razón, preferiría que fuese Jacqueline quien le diseñase el vestido a Larissa. Es mi amiga, además de ser una diseñadora aclamada internacionalmente. De usted no he oído hablar –le dijo sin más–. Solo sé que Wedding Belle existe desde hace tres años. Si le soy sincero, no sé si tiene la experiencia necesaria para diseñar el vestido de novia de mi hermana en el plazo de tiempo del que disponemos. Jacqueline lleva en el negocio veinte años, y sé que puedo confiar en ella.

–Puedo hacerlo, si me da la oportunidad –replicó ella, inclinándose hacia delante, con los ojos clavados en Loukas–. Estoy preparada para trabajar noche y día en el vestido con el que Larissa sueña. Ella me escogió a mí. Supongo que eso tendrá que contar

algo, ¿no? Es una mujer adulta que debe tener libertad para tomar sus propias decisiones. ¿Qué derecho
tiene usted a organizar toda su vida?

–A mi hermana ya la ha defraudado la primera diseñadora que escogió. He sido yo quien ha pasado
días consolándola, así que creo que tengo derecho a
asegurarme de que no se repita –replicó Loukas–.
Imagino que usted tendría la esperanza de que este
encargo aumentase su negocio, pero le he pagado una
cantidad importante para recompensarla por el tiempo
perdido hoy.

Belle bajó la vista al papel que tenía entre las manos.

–¿Así que este cheque es, en realidad, un so-
borno? –preguntó consternada, entendiendo por fin
el motivo de aquella generosa cantidad–. Espera que
acepte el dinero y me vuelva a Inglaterra. Así, Larissa no tendrá elección y tendrá que acceder a que
Jacqueline Jameson le haga el vestido y usted se habrá salido con la suya. ¡Dios mío! ¿Qué es? ¿Un fa-
nático del control?

Loukas golpeó la mesa con tanta fuerza que Belle
se sobresaltó.

–Me niego a disculparme por querer proteger a mi
hermana –rugió–. Confió en Toula Demakis, pero
esta se marchó con su dinero. Solo faltan cinco semanas para la boda y no pienso arriesgarme a que
vuelvan a engañar a Larissa.

–Es cierto que Wedding Belle no está funcionando
tan bien como esperaba cuando empecé –admitió ella
con toda sinceridad–, pero ahora mismo hay muchos

negocios con dificultades debido a la recesión económica.

Era evidente que Loukas quería proteger a su hermana, pero a Belle le parecía que, como John Townsend, también tenía la necesidad de que las cosas se hiciesen siempre a su manera. No merecía la pena intentar convencerlo de que la escuchase, pero tenía que hacerlo.

–No puedo negar que una boda así ayudaría mucho a mi negocio, pero no es por eso por lo que quiero hacer el vestido de Larissa –empezó–. Me gusta lo que hago. Los vestidos de novia no son solo un trabajo, son mi pasión, y aunque la boda de Larissa fuese íntima y no despertase ningún interés en los medios de comunicación, me haría la misma ilusión que me hubiese escogido a mí como diseñadora.

Rompió el cheque por la mitad y se lo tendió por encima de la mesa.

–No me interesa su dinero. Quiero diseñar el vestido de Larissa porque me cae bien. Conectamos de inmediato cuando vino al estudio y estoy deseando enseñarle mis ideas.

Lo miró fijamente a los ojos con la determinación de convencerlo.

–Deme una oportunidad, señor Christakis, le prometo que no defraudaré a su hermana.

Loukas se fijó en que tenía los ojos del mismo azul que el cielo en un día de verano. No podía apartar la vista de su rostro. Estaba tan fascinado con su manera de expresarse, con cómo movía las manos al hablar... Le recordaba a una bella y frágil mariposa, y estaba seguro de que, si intentaba atraparla, se le escaparía.

¿Por qué estaba disfrutando con semejante tontería? Se sentía cautivado por Belle Andersen. Se la imaginó tumbada en su cama, desnuda, con las mejillas sonrojadas y aquellos increíbles ojos azules oscurecidos por el deseo.

Tenía la piel suave como la porcelana y sus labios rosados eran una tentación difícil de resistir. Había tensión sexual entre ambos y las voces de los demás clientes del bar se fueron apagando a su alrededor.

–¿Está casada, señorita Andersen? –le preguntó, acercándose más.

Ella cerró los ojos un instante, tomó aire.

–No... no. No estoy casada –balbució–. ¿Por qué me lo pregunta?

–Me preguntaba si su pasión... –dijo él, bajando la vista a sus labios un instante– por el diseño de trajes de novia se debía a su propia experiencia como novia.

Belle negó con firmeza.

–Lo que me apasiona es el arte y la creatividad. Me inspiro en la historia. En estos momentos estoy especialmente influenciada por la suntuosa extravagancia del palacio de Versalles en la época de Luis XIV, una de las más extraordinarias muestras del arte francés del siglo XVIII. Lo he visitado en varias ocasiones y he sacado ideas que he incorporado a mis diseños. Aspiro a transformar las imágenes de mi cabeza y realizar vestidos increíblemente bellos, pero que una pueda ponerse. Pienso que una novia necesita estar cómoda en su gran día y segura de que el vestido también va a ser práctico...

Se interrumpió y sonrió al darse cuenta de que había hablado sin parar.

–Ya ve –añadió, incómoda–. Me temo que tiendo a dejarme llevar por la pasión.

En el silencio que siguió, Belle fue consciente de la tensión que había entre ambos.

Loukas pensó que la pasión de Belle por el diseño era indiscutible, y que a él le era imposible apartar la vista de su rostro. ¿Y si lo mejor era confiar en Larissa?

–¿Cómo la conoció mi hermana? –preguntó con brusquedad.

–Vio algunos de mis vestidos en la revista de moda *Style Icon*.

Loukas arqueó las cejas sorprendido.

–Debe de ser más conocida de lo que pensaba, para llamar la atención de esa revista.

–Bueno, en realidad, fue en parte cuestión de suerte –le explicó Belle con sinceridad–. Mi hermano estaba trabajando en un reportaje fotográfico para la revista. No sé si habrá oído hablar de él, es Dan Townsend. Últimamente se está haciendo muy conocido como fotógrafo de moda. Cuando uno de los diseñadores no se presentó, Dan convenció al director de la revista de que utilizase algunos de los vestidos de mi colección.

Muy a su pesar, Loukas se sintió cada vez más intrigado por aquella mujer.

–¿Por qué utilizan su hermano y usted apellidos diferentes?

Belle dudó. Aunque la verdad no tenía por qué avergonzarla. El hecho de ser hija ilegítima no era culpa suya.

–Porque somos de padres distintos.

Aquella era una de las cosas que la habían entristecido al enterarse de que John no era su padre biológico, aunque Dan había insistido en que no importaba.

–Sigues siendo mi hermana, aunque en realidad seamos hermanastros –le había dicho cariñosamente–. Y, míralo por el lado bueno, al menos no tienes nada que ver con el hombre más desagradable del mundo. Yo tendré que seguir viviendo sabiendo que, cuando mamá decidió seguir casada con mi padre, tú perdiste la oportunidad de conocer al tuyo.

Y ya nunca lo haría, puesto que su madre se había llevado aquel secreto a la tumba.

No obstante, no podía enfadarse con su madre. Gudrun se había visto obligada a tomar una decisión muy dura, ya que John la había amenazado con llevarse a Dan si rompía su matrimonio.

Y ella había antepuesto el amor que sentía por su hijo a su felicidad personal. No obstante, eso había hecho que Belle sufriese mucho de niña, al no entender por qué el hombre que creía que era su padre, parecía despreciarla.

Y todo porque su madre se había casado con el hombre equivocado.

Ella jamás cometería el mismo error. Le encantaba diseñar vestidos de novia, pero la idea de abandonar su independencia por un hombre no le gustaba lo más mínimo. «En especial, por un hombre como Loukas Christakis», pensó.

Estaba perdiendo el tiempo. Se terminó el zumo que le quedaba, dejó el vaso en la mesa y tomó su bolso.

—De acuerdo, señor Christakis. Usted gana. Tomaré el siguiente ferry de vuelta a Atenas y, con un poco de suerte, allí podré tomar un vuelo de vuelta a Londres esta misma noche —le dijo—. ¿Le importa si inventamos una excusa para Larissa? ¿Le puede decir que me ha surgido una emergencia familiar o algo así? No quiero que piense que le he fallado sin más.

Loukas no respondió inmediatamente, y en el silencio que siguió, no dio ninguna pista a Belle acerca del recorrido de sus pensamientos.

—¿Le importa lo que piense Larissa? —preguntó por fin.

—Por supuesto —contestó esta—. Su hermana es una persona encantadora y odiaría que pensase que la he dejado tirada, como la primera diseñadora. Sé que no es asunto mío, pero me parece que se equivoca al interferir así en su vida, aunque lo haga con la mejor intención. La frontera entre querer protegerla y controlarla es muy delgada, y verá como, al final, Larissa se enfadará si no le permite que tome sus propias decisiones.

—Tiene razón, mi relación con mi hermana no es asunto suyo —rugió él, molesto.

No quería controlar a Larissa, aquello era ridículo. Solo quería que todo saliese lo mejor posible y cuidar de ella.

No pudo evitar pensar en lo que le había dicho su padre en el lecho de muerte: que tenía que ser un hombre y cuidar de su madre y de su hermana. Por aquel entonces, había tenido solo dieciséis años y se había sentido aterrado con aquella responsabilidad.

Dos años más tarde, su madre había fallecido de un cáncer y también le había encargado que cuidase de Larissa.

¿Cómo se atrevía Belle Andersen a criticarlo?, se preguntó furioso. No tenía ni idea de cómo se había sentido con dieciocho años, sabiendo que era responsable de su hermana de seis. La vida había sido dura y había pasado muchas noches en vela, asustado, pensando que no iba a ser lo suficientemente fuerte como para aguantar.

Era normal que protegiese a Larissa en exceso. Había aprendido lo peligroso que podía ser el mundo al presenciar el asesinato de su padre, pero no pudo evitar darle vueltas a la idea de que Larissa pudiese enfadarse con él por ese motivo. Recordó lo emocionada que había visto a su hermana al contarle que Belle iba a ir a Aura a diseñar su vestido de novia.

Juró en silencio. Tal vez Belle tuviese razón al decir que Larissa debía tomar sus propias decisiones. Tal vez había llegado el momento de que él aprendiese a dar un paso atrás y aceptase que su hermana ya no era una niña. Además, ¿qué podía salir mal? Belle estaría en Aura, bajo su atenta mirada. Le había dicho que estaba dispuesta a trabajar día y noche para terminar el vestido de Larissa, y él se aseguraría de que cumpliese su promesa.

Una vez más, bajó la mirada a su boca y notó cómo su cuerpo se tensaba de deseo. No podía negar la atracción que sentía por ella y, además, sabía que esta era mutua.

Belle se levantó de la mesa y le tendió la mano.

–Devuélvame mi teléfono, por favor –le pidió airadamente–. Necesito llamar al aeropuerto para ver si puedo cambiar el vuelo de vuelta.

Él se puso las gafas de sol y se levantó antes de devolvérselo. Sus dedos solo le rozaron la palma de la mano un par de segundos, pero Belle notó un cosquilleo por todo el brazo y apartó la mano tan deprisa que estuvo a punto de dejar caer el teléfono. Tenía calor por todo el cuerpo y no podía sentir más atracción. Se obligó a tranquilizarse.

Era tan alto, tan fuerte, tan masculino. Tal vez volver a casa fuese lo mejor, ya que parecía que era incapaz de controlar la respuesta de su cuerpo ante Loukas. Tenía los pezones tan duros que estaba segura de que se le marcaban a través de la fina chaqueta.

Con el rostro colorado, cruzó los brazos y empezó a buscar el número del aeropuerto en la memoria del teléfono.

–Deje de perder el tiempo y venga conmigo ahora si quiere que la lleve a Aura.

Ella levantó la cabeza y vio que Loukas ya tenía en la mano la mayor de sus maletas y estaba tomando la otra.

–Espere... –dijo, echando a correr detrás de él, que ya había salido de la terraza–. No lo entiendo.

Por fin llegó a su lado.

–¿Quiere decir que puedo hacer el vestido de Larissa? –le preguntó, confundida–. ¿No le preocupa que deje tirada a su hermana, como la tal Toula, y se quede sin vestido de novia?

–No, no me preocupa nada de eso.

Habían llegado al muelle y Loukas dejó las maletas en la motora antes de girarse hacia ella.

–Tengo plena confianza en que diseñará el vestido de novia con el que mi hermana sueña y la hará muy feliz. Porque, si no... –le advirtió, dedicándole una dura sonrisa– tendrá que responder ante mí.

Belle estuvo a punto de perder los nervios en ese momento. Loukas Christakis no era solo ofensivo y arrogante, también era un matón al que le gustaba mangonear a la gente, pero a ella ya la había tratado así John Townsend durante toda su niñez y no iba a volver a permitirlo.

–¿Me está amenazando, señor Christakis? –inquirió, poniéndose en jarras y deseando fervientemente ser más alta y no tener que levantar la cabeza para mirarlo a los ojos.

–Solo le estoy haciendo una advertencia –le dijo él en tono suave–. Decepcióneme y, sobre todo, decepcione a Larissa y le prometo que no volverá a conseguir ningún tipo de apoyo económico para Wedding Belle.

Ella supo que hablaba en serio y que, con su riqueza y su poder, podría acabar con su pequeña empresa con la misma facilidad con la que aplastaba una hormiga con el zapato.

–¿Qué? ¿Viene? No tengo todo el día.

Belle deseó decirle algo muy feo, pero lo cierto era que necesitaba aquel trabajo para devolverle el préstamo al banco.

Con los tacones y la falda de tubo, no podía subir al barco sin su ayuda. A regañadientes, se inclinó hacia delante para tomar su mano y dio un grito cuando Loukas, sin paciencia, la agarró por la cintura y la levantó del suelo.

Belle notó humedad entre los muslos al estar pegada a su musculoso torso y a sus fuertes muslos. Y tuvo que respirar hondo cuando la dejó en el barco.

–Gracias –le dijo con frialdad–, habría podido hacerlo sola, señor Christakis...

–Tonterías –la interrumpió él–. Eso es imposible con esos ridículos zapatos. Y será mejor que empieces a llamarme Loukas. Mi hermana estaba emocionada con la idea de tenerte en Aura, y querrá ver que nos llevamos bien... Belle.

Ella se estremeció al oír cómo decía su nombre y su sonrisa le cortó la respiración e hizo que le temblasen las rodillas.

–Agarra bien el sombrero antes de que se lo lleve el viento –le advirtió Loukas, quitándoselo de la cabeza y dejando al descubierto una cascada de pelo rubio que le llegaba casi a la cintura.

La brisa le puso un par de mechones en la cara y él no pudo contenerse, levantó la mano y se los apartó de la mejilla. El tiempo se detuvo. A Belle dejó de latirle el corazón mientras se perdía en sus ojos grises oscuros, que ya no eran tan fríos y duros como el acero, sino que brillaban con un calor que delataba el deseo de Loukas de tomarla entre sus brazos y devorarla con salvaje pasión.

¿Cómo podía sentirse atraída por él, si era todo lo que odiaba? Se dijo que era solo algo físico, una reacción química que no podía controlar, aunque tendría que ignorar la atracción que sentía por Loukas si no quería pasarse la siguiente semana como una adolescente enamorada.

El motor del barco empezó a rugir y ella se agarró a su asiento mientras se alejaban del muelle e iban en dirección a Aura. De repente sintió pánico y tuvo la sensación de que su vida jamás volvería a ser la misma cuando entrase en los dominios de Loukas Christakis.

Capítulo 3

ESTA PARTE de Aura está, en su mayoría, cubierta de bosques –le explicó Loukas al acercarse a la isla.

No había playa. Los acantilados rocosos formaban un puerto natural en el que habían construido un embarcadero de madera. El mar parecía de un azul turquesa brillante desde la distancia, pero al amarrar el barco, Belle se dio cuenta de que el agua era tan cristalina que podían verse los peces nadando en el fondo. Fascinada por ellos, se inclinó hacia delante y metió la mano en el agua.

–Son preciosos –murmuró, apartándose la melena para que no se le mojase.

Loukas contuvo el impulso de enterrar los dedos en ella y se concentró en amarrar bien el barco.

–Soy hijo de pescador, así que, para mí, son solo un par de platos de comida.

–Ah, yo no me los comería. Son demasiado bonitos –rio Belle, olvidando el resentimiento y disfrutando del cielo azul, del mar y de los acantilados–. Es un paraíso –añadió.

Loukas no podía apartar la vista de ella. Cualquier hombre habría podido perderse en la profundidad de sus ojos azules. ¡Y su sonrisa! Iluminaba aquel rostro de niña y transformaba sus facciones clásicas en algo muy bello, arrebatador.

Resopló con impaciencia. Había sabido desde el principio que Belle Andersen solo le causaría problemas. Tenía que haberla mandado de vuelta a Atenas. Aura era su refugio, un lugar tranquilo en el que podía relajarse y olvidarse de las tensiones del trabajo.

Y en esos momentos no estaba nada relajado. Tomó la mano de Belle para ayudarla a subir al muelle e inhaló su suave olor a flores. Se había excitado al ayudarla a subir al barco en Kea y, en esos momentos, viendo cómo se balanceaba su trasero al andar por el muelle, notó cómo crecía su erección.

–*Theos* –juró entre dientes. Lo que le faltaba era sentirse atraído por una bella rubia con cara de ángel y lengua afilada.

Del muelle salía un camino bastante empinado que desaparecía detrás de una roca.

–Son solo cinco minutos andando hasta casa –le explicó Loukas mientras tomaban ambas maletas–, pero es irregular en algunos lugares. ¿Crees que te las arreglarás? Tal vez sea mejor que te cambies esos zapatos por otros más sensatos.

¡Sensatos! Belle odiaba aquella palabra. Le recordó a las innumerables discusiones que había tenido con John de adolescente acerca de los zapatos, la ropa, el maquillaje. «No permitiré que ninguna hija mía vaya por ahí como una fulana», había sido su frase favorita, con el rostro amoratado por la ira. Le había prohibido los tacones, las minifaldas y los vaqueros ajustados, todas las cosas modernas que llevaban sus amigas, tal vez porque Belle le había recordado constantemente la infidelidad de su madre. «Y harás lo que diga porque yo soy el adulto y tú, una niña».

Ella había sentido ganas de rebelarse siempre, y en esos momentos, la expresión de Loukas le evocó la misma sensación.

–Siempre llevo tacones y puedo andar perfectamente con ellos – contestó en tono frío–. Seguro que estaré bien.

Y con la cabeza levantada se dio la media vuelta, pero el tacón se le clavó en el césped que había al borde del camino y tropezó. No cayó al suelo porque Loukas reaccionó a tiempo y soltó las maletas para agarrarla a ella.

–Sí, ya veo que eres como una cabra montesa –comentó–. Vamos a intentarlo otra vez. Con cuidado. Y ponte esto –le dijo, colocándole sin ningún cuidado el sombrero en la cabeza–. A esta hora de la tarde es cuando más calienta el sol y tienes la piel tan clara que se te va a poner roja como una langosta en un momento.

Y sin esperar su respuesta, tomó de nuevo las maletas y echó a andar delante de ella por el camino, sin girarse a comprobar si lo seguía.

«Arrogante, testarudo...». Belle tomó aire y echó a andar detrás de él, con la vista clavada en el suelo para no tropezar. Por una parte, Loukas la hacía sentir como una niña de cinco años, aunque la reacción de su cuerpo hacia él no era en absoluto infantil.

Suspiró. Aquella inesperada atracción era otra complicación más a la hora de intentar tener terminado el vestido de Larissa en un plazo de tiempo tan corto. Solo esperaba que esta le hubiese dicho la verdad al comentar que su hermano pasaba mucho tiempo en Atenas, porque esperaba verlo lo menos posible.

El camino llegaba a lo alto del acantilado y Belle se detuvo allí a admirar el paisaje. A un lado estaba la inmensidad del mar azul, salpicado de islas, la más cercana, Kea. Al otro, rocas grises, vegetación, altos cipreses y densos olivares, bajo los que se extendía una alfombra de amapolas rojas.

—¿Vive mucha gente en la isla? —le preguntó a Loukas, que había aminorado el paso para que ella lo alcanzase—. Veo que hay un pueblo en el valle.

—Hace unos años vivía aquí una pequeña comunidad, sobre todo de pescadores. Mi padre nació en Aura, pero Kea tiene un puerto más grande y, poco a poco, todo el mundo se fue trasladando allí, dejando la isla deshabitada, hasta que yo la compré hace tres años.

—Entonces, ¿no vive nadie en esas casas?

—Sí, mi personal y sus familias. Muchas casas estaban en mal estado, pero tengo un equipo que las está reformando poco a poco. También hay una iglesia, que es donde va a casarse Larissa.

—Espero que sea grande —comentó Belle—. Ya que Larissa me ha contado que vendrán cientos de invitados a la boda.

Loukas hizo una mueca.

—Sí, su prometido tiene mucha familia, a la que,

en su mayoría, Lissa no conoce. La iglesia es pequeña y la mayoría de los invitados se sentarán fuera para la ceremonia. La recepción tendrá lugar en la casa, donde hay mucho más espacio.

Bella lo miró sorprendida, preguntándose cómo de grande sería.

—¿La casa tiene espacio suficiente para que se alojen todos los invitados?

—¡*Theos*, no! —exclamó Loukas horrorizado.

Y a Belle la expresión de su rostro le resultó casi cómica e hizo que lo viese más humano.

—La mayor parte de los invitados se quedarán en Atenas o en Kea. He contratado una flota de helicópteros para traerlos a Aura, y algunas personas llegarán también en barco.

—Suena a pesadilla logística. ¿No habría sido más sencillo celebrar la boda en Atenas?

Loukas se encogió de hombros.

—Es probable, pero Larissa quería casarse aquí, y yo removería cielo y tierra para darle la boda que quiere.

Belle lo miró fijamente, sorprendida por la repentina ronquera de su voz. Era evidente que Loukas adoraba a su hermana. Su mirada emocionada le hizo preguntarse si no lo habría juzgado mal. Tal vez no fuese tan autoritario como le había parecido al principio. Al parecer, era muy importante para él que la boda de Larissa fuese perfecta.

Caminaron en silencio. El camino era más ancho y podían ir el uno al lado del otro. Las vistas desde lo alto del acantilado eran impresionantes y a Belle no le sorprendió que Larissa quisiese casarse en un lugar tan bonito. No obstante, quien ocupaba en esos momentos sus pensamientos no era ella, sino su hermano.

–Me has dicho que tu padre nació en Aura, pero supongo que tú no, ¿verdad?

–No, la isla estaba abandonada desde mucho antes de que yo naciese. Nací y crecí en Kea. Larissa también, pero no se acuerda de su estancia allí porque nos mudamos a vivir a Estados Unidos cuando era muy pequeña.

–¿Por qué se marchó tu familia de Grecia?

–Para ganarse la vida –respondió Loukas apretando los labios–. Mi padre había perdido su barco en una tormenta y no podía comprar uno nuevo, pero sin barco tampoco podía pescar ni ganar dinero para alimentar a su familia. Un primo lejano tenía una tienda en Nueva York. Xenos lo organizó todo para que mis padres llevasen la tienda y, cuando falleció, se la dejó en herencia.

–Debió de ser un gran cambio, ir de un pueblo pequeño a una gran ciudad. Yo viví en muchos lugares diferentes de niña porque mi padrastro era militar, y me habría costado todavía más adaptarme si hubiese tenido que irme a otro país –comentó, mirando hacia el mar color turquesa–. ¿No echabas de menos esto?

–Todos los días. Pero era joven y me adapté. Fue a mi padre a quien se le rompió el corazón al dejar Grecia.

–Debió de gustarle mucho que comprases Aura, la isla en la que había nacido.

Loukas dudó un momento. Luego, se encogió de hombros. Cualquiera que hiciese una búsqueda en Internet podría averiguarlo todo acerca de su familia.

–Mi padre falleció dieciocho meses después de que nos hubiésemos trasladado a los Estados Unidos, y mi madre, dos años más tarde.

Su voz estaban tan exenta de emoción que Belle lo miró sorprendida. Le entristeció saber que el padre de Loukas jamás había regresado a casa y no había vuelto a ver aquel precioso lugar.

–Lo siento. No lo sabía... –se interrumpió de repente.

No tenía por qué conocer la tragedia que había roto a la familia de Loukas. Hacía menos de una hora que lo conocía, eran dos extraños, ¿por qué estaba sufriendo por él? ¿Y por qué estaba tan segura de que él le estaba ocultando su dolor detrás de aquellos ojos grises? Tal vez porque Belle también había aprendido a esconder el suyo después de la muerte de su madre.

–Larissa no debía de ser muy mayor cuando vuestros padres fallecieron. ¿Quién la cuidó?

Loukas echó a andar de nuevo y Belle lo siguió.

–Yo. No había nadie más. Casi no se acuerda de nuestro padre y yo he intentado ser una figura paterna para ella, pero ha echado de menos tener una madre. Todavía lo echa de menos ahora, sobre todo, con los preparativos de la boda –admitió Loukas suspirando–. Ya sabes cómo es eso, siempre hay un vínculo especial entre madres e hijas.

Había metido el dedo en la llaga. A Belle se le

hizo un nudo en la garganta y, por un instante, no pudo hablar.

—Sí —murmuró por fin—. Ya sé.

Miró hacia el horizonte y la fina línea que separaba el cielo del mar se nubló cuando las lágrimas llenaron sus ojos. Había tenido un vínculo muy especial con su madre, o eso había pensado, porque Gudrun nunca le había contado la verdad acerca de su padre y no podía evitar sentirse traicionada.

—Belle... ¿Te ocurre algo?

Loukas se dio cuenta de repente de que la diseñadora se había quedado atrás y tenía la mirada perdida en el mar. Tenía medio rostro oculto debajo del sombrero, pero podía sentir su vulnerabilidad.

Se preguntó a sí mismo qué le estaba pasando y se miró el reloj. Se le había hecho tarde para hacer una llamada importante y tenía que empezar a centrarse en sus negocios, como siempre, y no permitir que Belle lo distrajera.

—Solo estaba admirando las vistas —respondió esta parpadeando con fuerza e intentando apartar aquello de su mente.

Continuaron andando por el camino unos metros más y luego giraron y vieron unos escalones tallados en el acantilado. Hacia un lado llevaban a una playa de arena blanca y, hacia el otro, a unas puertas de hierro forjado instaladas en un muro de piedra. Loukas apretó un botón para que se abriesen e hizo entrar a Belle.

—Bienvenida a Villa Elena.

—Vaya... —dijo ella, olvidándose de los dolorosos recuerdos—. Es... espectacular.

La arquitectura de aquella casa blanca era ultra-moderna, y tenía muchas ventanas que debían de tener vistas al mar.

Loukas asintió.

—Es mi casa —comentó sin más.

Belle no podía tener ni idea de lo que aquello significaba para él. Durante los muchos años que había vivido en un lúgubre piso de un barrio difícil de Nueva York, se había aferrado a sus recuerdos y había soñado con tener algún día una casa con vistas a las aguas color zafiro del mar Egeo.

Gracias a su inteligencia, determinación y a años de duro trabajo, había levantado una empresa y había hecho realidad su sueño. Aura era su refugio, el lugar en el que estaba su casa y la de Larissa.

Podía haber sido su hogar durante la niñez. Tenía que haberlo sido. La amargura inundó su corazón. Había comprado la isla cuando Sadie le había dicho que estaba embarazada, y le había encargado a un arquitecto que diseñase una casa lujosa para la mujer a la que amaba y su futuro bebé.

Pero Sadie no había llegado a ir allí, y no había habido bebé, de eso se había encargado ella. Loukas apretó la mandíbula y se le hizo un nudo en el estómago al recordar semejante traición. Sadie había sabido lo mucho que deseaba tener un hijo, pero no había permitido que nada se interpusiese en su ascenso a la fama.

Larissa había sido la única persona que había confiado en él y le había pedido que dejase de anestesiar sus emociones con whisky. Loukas jamás olvidaría cómo lo había cuidado su hermana pequeña. Lissa había estado allí en sus peores días, cuando el dolor y la ira lo habían desgarrado por dentro, pero no tardaría en marcharse a la casa que le había comprado en Atenas, con Georgios. Exhaló con fuerza. Su hermana pequeña había crecido y había llegado el momento de dejarla marchar, pero no había imaginado que sería tan duro.

Miró un instante a Belle.

–Vamos –la invitó–. Mi mayordomo nos servirá algo de beber en la terraza.

«Cómo no», pensó ella mientras atravesaban el patio. «Tiene mayordomo». Loukas era multimillonario y seguro que tenía muchos sirvientes.

Se dio cuenta de que había entrado a la finca por una puerta lateral. La casa estaba a su derecha, mientras que a la izquierda había un enorme jacuzzi circular y una piscina que parecía perderse en el acantilado que había detrás. Aquello era un paraíso.

Llegaron a la terraza, donde había un toldo blanco que se ondulaba suavemente con la brisa, y un hombre salió de la casa a recibirlos.

–Este es Chip –dijo Loukas, presentándole al hombre.

Era bajo y fornido, pelirrojo e iba vestido con unas bermudas. No se parecía en nada al mayordomo que se había imaginado Belle. Y, a juzgar por su amplia sonrisa, debía de saber lo que estaba pensando.

–¿Cómo está? –la saludó.

–Como habrás visto, Chip tiene una gran afición por las bermudas de colores chillones –comentó Loukas–. Por eso llevo yo siempre gafas de sol. No obstante, lleva tantos años trabajando para mí, que tengo que perdonarle que tenga tan mal gusto para la ropa.

El mayordomo rio. Era evidente que ambos hombres tenían mucho más que una relación laboral, eran amigos. Como si le hubiese leído la mente a Belle, Loukas continuó:

–Chip y yo compartimos adolescencia en el Bronx. Por aquel entonces había mucha violencia y nosotros solíamos guardarnos las espaldas.

No le contó nada más, pero Belle imaginó que habían pasado muchos momentos difíciles juntos.

–Me alegro de conocerte, Chip –murmuró, sonriéndole–. Y me gustan tus bermudas.

–Gracias, señorita Andersen. Me alegra conocer a alguien con tan buen gusto –respondió él, guiñándole el ojo–. Larissa me ha dicho que le gusta beber té. Espero que le parezca bien un Earl Grey.

–Ah, sí... Estupendo –dijo ella, aceptando la taza que Chip le ofrecía y dándole un sorbo–. Delicioso.

–Beber té es una costumbre inglesa que jamás entenderé –comentó Loukas haciendo una mueca y tomando el vaso de cerveza que le ofrecía su mayordomo–. ¿Puedes llevar el equipaje de Belle a su habitación, Chip?

Cuando este hubo desaparecido dentro de la casa, Belle volvió a sentirse intensamente atraída por su anfitrión. Se terminó el té, dejó la taza encima de su plato con mano algo temblorosa y dijo:

–Estoy deseando ver a Larissa.

–Lamento que tendrás que esperar a mañana –le

anunció Loukas, terminándose la cerveza y dejando el vaso en la bandeja–. Lissa ha volado a Atenas en mi helicóptero hace un par de horas. El padre de su prometido ha sido hospitalizado, y quería estar con Georgios mientras les comunicaban cuál es el estado de Constantine.

–Cómo lo siento –le contestó ella–. ¿Está muy enfermo el padre de Georgios?

–Tiene un problema cardiaco y van a operarlo al mes que viene. Larissa quería dejar la boda para después de la intervención, pero yo insistí en que no lo hiciera –admitió Loukas–, ya que es muy arriesgada y, si las cosas fuesen mal... Bueno, digamos que me pareció más prudente celebrar la boda antes de la operación de Constantine. Aunque mi hermana no sabe que me preocupa la enfermedad de su suegro. Lo quiere mucho y tanto Georgios como ella se quedarían destrozados si no pudiese asistir a la boda.

Belle se dijo que, entonces, la fecha de la boda no tenía nada que ver con sus negocios, sino con la salud del padre del novio.

Entonces le vino otra idea a la mente y frunció el ceño.

–Si sabías que Larissa no estaba aquí, ¿por qué no me lo has dicho cuando estábamos en Kea? ¿Por qué me has traído a Aura?

No sabía por qué le incomodaba tanto saber que estaba sola con Loukas en aquella isla. Bueno, no estaban del todo solos. Estaba Chip, y seguro que había más servicio. No había ningún motivo para que se le acelerase el corazón, pero Loukas se había quitado las gafas y le estaba mirando los labios. Ella se los humedeció instintivamente y lo vio ponerse tenso.

–Podría haberme alojado en Kea hasta que Larissa volviese a Aura –le dijo con cierta desesperación.

Él se encogió de hombros.

–Supuse que querrías ver dónde iba a tener lugar la boda. Larissa me dijo que tenías en cuenta el entorno a la hora de diseñar el vestido. Volverá mañana por la mañana, así que podrás deshacer las maletas e instalarle antes de que llegue.

–Me lo tenías que haber dicho –insistió Belle–. Prefiero tomar yo mis propias decisiones.

–No importa, ¿no?

Loukas se preguntó por qué lo miraba con tanta cautela. ¿No pensaría que le iba a saltar encima como un joven con exceso de testosterona? Al fin y al cabo, él no era el único que estaba sintiendo aquella atracción.

–Pareces preocupada por algo, Belle –añadió en tono suave, tendiendo las manos hacia ella y viendo con satisfacción cómo retrocedía.

–No –lo contradijo esta enseguida, evitando su mirada–. ¿Qué iba a preocuparme?

«Que esté deseando tenerte entre mis brazos y devorar esos labios suaves, rosados y húmedos», pensó Loukas. La tenía tan cerca que podía ver su reflejo en las pupilas oscuras de sus ojos. Los vio dilatarse y oyó cómo se le aceleraba la respiración. Era evidente que estaba nerviosa. Belle se puso un largo mechón de pelo detrás de la oreja y a Loukas le sorprendió que pareciese tan joven. Eso volvió a hacerle llegar a la misma conclusión: que era una complicación que no necesitaba.

–Nada –le dijo de repente, alejándose de ella–. En Aura no te pasará nada. No hay delincuencia... ni siquiera coches que causen accidentes –empezó a divagar Loukas, cosa que no hacía nunca y que le molestó–. Ven y te enseñaré tu habitación. Yo trabajaré en el despacho que tengo aquí durante el resto del día, pero si necesitas algo puedes avisar a Maria. Es mi cocinera y ama de llaves, y la esposa de Chip –le explicó al ver que Belle lo miraba con curiosidad–. Tengo otros trabajadores que vienen a la isla todos los días para ayudar con el mantenimiento de la casa, pero para mí es muy importante la intimidad y por eso ninguno vive en Villa Elena.

Entró en la casa y Belle se obligó a seguirlo a pesar de que le temblaban las piernas. Aquella había sido la segunda vez de la tarde que pensaba que Loukas iba a besarla. Había estado tan segura de que iba a hacerlo, que había esperado el beso y había deseado sentir la presión de sus labios.

¿Qué le estaba pasando? Había ido a Aura a trabajar en lo que iba a ser, probablemente, el encargo más importante de toda su carrera y no podía distraerse con una atracción sexual. Ella no era así. Era una mujer tranquila y contenida, y no entendía que aquel hombre la afectase tanto.

La planta baja de Villa Elena era de plano abierto y los muebles estaban agrupados: sofás y sillones de piel clara, una mesa de comedor con sillas de cristal, una esquina dominada por una televisión de plasma de última generación. Todo era luminoso y moderno, minimalista y elegante, pero le faltaba comodidad y calor, cosa que solo podían aportar los mejores y más caros diseñadores de interior.

Su habitación estaba al final de un largo pasillo en el primer piso. El corazón le dio un vuelco cuando Loukas abrió la puerta para enseñarle una habitación con mucho encanto y con vistas a los limoneros, y al mar.

–Mandaré a una de las chicas para que te ayude a deshacer las maletas, porque, a juzgar por su tamaño, has debido de traer ropa para un año –comentó Loukas, mirando el equipaje.

–En la maleta grande están las muestras de tela y algunas ideas de diseño –le dijo Belle, abriéndola para dejarle ver los retales de seda y satén de color blanco, marfil y rosa pastel–. Creo que a Larissa le encantará esta organza de seda –comentó, tocando el material con cuidado–. Aunque tal vez prefiera algo más pesado, como el satén, adornado quizás con perlas o cristales. Supongo que tendré que tener paciencia y esperar a que vuelva –murmuró, al ver que Loukas la miraba como si estuviese hablando en chino.

Él tomó la carpeta que había en la maleta y pasó las páginas, pero no hizo ningún comentario y su gesto tampoco reveló a Belle la opinión que le merecía su trabajo.

Loukas pensó que el entusiasmo de aquella muchacha era innegable. No era un experto, pero era evidente que también tenía talento. Las fotografías de los vestidos eran muy buenas y entendió que su hermana quisiera que fuese Belle quien diseñase su vestido de novia.

La miró en contra de su voluntad y notó que se le encogía el estómago al ver que se colocaba un mechón de pelo detrás del hombro. Utilizaba todo su cuerpo al hablar, inclinaba la cabeza y movía los brazos y las manos con la gracia de una bailarina.

Se puso tenso solo de pensarlo e intentó no acordarse de otra mujer que también se había movido con la gracia de una bailarina. No iba a desperdiciar ni un segundo de su vida pensando en Sadie.

De repente, sintió claustrofobia y fue hacia la puerta.

–Tengo que volver al trabajo. Por favor, siéntete como en casa, Belle –le dijo en tono frío–. ¿Quieres que Maria te traiga más té?

Desesperada por dejar de fijarse en el modo en que los vaqueros se le ceñían a los muslos, Belle se acercó a la ventana.

–La verdad es que creo que voy a ir a dar un paseo hasta la iglesia.

Se giró y vio que Loukas tenía el ceño fruncido.

–No me parece una idea sensata. Ya te he explicado que es la hora del día en la que aprieta más el sol –le dijo él con impaciencia–. Te sugiero que te relajes durante el resto de la tarde. Puedes darte un baño en la piscina si quieres –añadió, saliendo al pasillo y cerrando la puerta, sin darle la oportunidad de responder.

Aquello la molestó. Sobre todo, su manera de utilizar el adjetivo «sensato». Sabía que no estaba acostumbrada al calor, pero solo había pensado dar un paseo corto, no pretendía correr un maratón.

No pudo evitar volver a oír a John en su cabeza, gritándole: «No discutas conmigo. Haz lo que te digo. Ya va siendo hora de que aprendas a obedecer mis órdenes, mi niña».

El sargento mayor John Townsend había tratado a su familia del mismo modo que a sus soldados y había esperado que lo obedeciesen en todo momento, sobre todo, Belle, pero ella nunca había sido su niña, y cuando se había enterado de la verdad, había decidido evitar que nadie la pisotease. Era la invitada de Loukas Christakis en aquella isla, pero no iba a permitir que este la mangoneara.

Capítulo 4

LOUKAS juró entre dientes y se obligó a clavar la vista en la pantalla del ordenador y no mirar a Belle, que estaba tomando el sol con un minúsculo biquini dorado y verde. El trato con los japoneses estaba casi cerrado, solo tenía que ultimar los detalles, pero, por desgracia, no lograba concentrarse.

Por el rabillo del ojo podía ver la piscina, que lo invitaba a salir al exterior. Normalmente aquellas vistas lo relajaban, pero en esos momentos estaba muy tenso y no podía concentrarse. Leyó la página que tenía delante y se dio cuenta de que no había retenido nada de información.

En el exterior, Belle se sentó y se pasó los dedos por el pelo. Loukas decidió dejar de trabajar y observó cómo se ponía en pie y se acercaba al borde de la piscina. Era menuda, pero de proporciones perfectas. Tenía los muslos esbeltos, la cintura estrecha y los pechos sorprendentemente generosos.

Sintió que el deseo crecía en su interior y se asombró de su ferocidad. ¿Qué tenía Belle Andersen que lo excitaba tanto? Era bella, pero no más que muchas otras mujeres. No entendía por qué se sentía tan atraído por ella, pero la química sexual desafiaba a la razón. Loukas se levantó del sillón y salió de su despacho.

El calor del sol en su espalda era soporífero. Belle movió los hombros y suspiró contenta. Estaba en el paraíso. Al llegar a la piscina se había sentido culpable, porque había ido allí a trabajar, pero después se había dicho que no podría empezar hasta que no llegase Larissa, y que no tenía sentido quedarse el resto del día encerrada en la habitación.

Por suerte, no se había encontrado con Loukas en ningún momento y esperaba que pasase lo que quedaba de tarde encerrado en su despacho. Notó calor entre los muslos solo de pensar en él. Si hubiese sabido que el hermano de Larissa era tan sexy, tal vez se lo hubiese pensado mejor antes de ir a Aura.

Se relajó y dejó que el sueño la fuese invadiendo poco a poco.

—¿Es que no tienes sentido común? —le preguntó con impaciencia una voz profunda.

Ella abrió los ojos, sobresaltada, y vio a Loukas a su lado, con el ceño fruncido.

—Te vas a quemar como sigas ahí mucho rato más —añadió este—. Tenías que haberte puesto crema antes de dormirte.

—Lo he hecho —se defendió ella, casi sin aliento.

Loukas le estaba poniendo crema en los hombros con movimientos bruscos y ella se preguntó por qué le estaba gustando tanto.

—Sí, pero luego te has metido en la piscina. Tenías

que haberte puesto más crema al salir –le dijo, cada vez más excitado.

Belle pensó que era un mandón y estuvo a punto de decirle que no se metiese donde no lo llamaban y que no necesitaba su ayuda, pero estaba tan relajada allí tumbada, sintiendo sus manos en la espalda... Notó que le ponía más crema y deseó que continuase bajando las manos por su cuerpo. Por suerte, estaba tumbada boca abajo y Loukas no podía darse cuenta de lo duros que tenía los pezones.

«¿Qué me está pasando?», se dijo, con el rostro colorado por la vergüenza.

Una mezcla de alivió y decepción la invadió al ver que Loukas se ponía de pie.

–Así deberías estar bien –rugió, apartándose de ella.

Belle levantó la vista para mirarlo y vio que la estaba devorando con sus ojos grises. No pudo respirar hasta que Loukas no se giró y se metió en la piscina.

Ella se sentó, tomó el pareo que hacía juego con su biquini y se lo puso. Su anfitrión estaba nadando con rapidez. Belle sintió ganas de meterse corriendo en la casa y desaparecer antes de hacer una locura, pero tal vez se habría notado demasiado que quería huir de él. Mientras decidía en silencio lo que debía hacer, Loukas salió de la piscina, con el agua corriendo por todo su cuerpo, e hizo que se quedase clavada allí.

Vestido era muy guapo, pero con un bañador negro ajustado, era impresionante. La piel le brillaba como si fuese de bronce pulido y las gotas de agua relucían en el bello moreno que le cubría el pecho y bajaba en forma de flecha hacia su abdomen. Belle descendió la vista todavía más y el bulto que había entre sus piernas hizo que volviese a levantarla, y que se ruborizase.

Tenía el corazón acelerado cuando Loukas tomó una hamaca y se sentó a su lado, mirándola de frente.

–Bueno, Belle, háblame de ti –le pidió, aunque sonó más a orden que a petición–. Larissa me ha contado que trabajas sobre todo en un estudio que tienes en la parte oeste de Londres.

–Sí, Wedding Belle está en Putney. Mi estudio es un viejo almacén situado al lado del Támesis. Está cerca de donde vivo.

–¿Tienes una casa en el río?

–¡Ojalá! Las casas que bordean el río son muy caras –le dijo Belle–. Dan y yo tenemos alquilada una vieja casa flotante.

–Dan Townsend, tu hermano, el fotógrafo, ¿no? –le dijo Loukas–. ¿Vivís los dos solos?

Belle asintió.

–No hay espacio ni para un gato.

Loukas no supo por qué, pero le alegró oír que Belle no vivía con su novio. En realidad, no le debía importar dónde ni con quién viviese, pero no pudo evitar mirarla y preguntarse cómo se sentiría si le daba un beso. Era evidente que diez largos en la piscina no habían sido suficientes para calmar su libido.

–¿Por qué decidiste ser diseñadora de moda? –le preguntó, por seguir con la conversación.

–El arte era lo único que se me daba bien en el colegio –admitió ella–. Me pasaba el día soñando despierta, pero me encantaba dibujar, y desde pequeña empecé a hacer vestidos a mis muñecas. Solo podía tener éxito como diseñadora.

Se mordió el labio al recordar cómo había luchado por aprobar Matemáticas. Y cómo la había regañado John por sus notas, mientras su madre la animaba a seguir y a estudiar Arte.

–Cuando terminé de estudiar, estuve trabajando un tiempo para una importante empresa de vestidos de novia, me di cuenta de que el trabajo me encantaba, pero muchas de mis ideas parecían ser demasiado originales para la empresa, así que decidí establecerme por mi cuenta.

Guardó silencio, miró a Loukas y se le encogió el corazón al darse cuenta de que la estaba observando con intensidad. Tenía los ojos clavados en su boca. Si la besaba, no lo haría con ternura. La idea hizo que Belle se estremeciese. Inconscientemente, se inclinó hacia él y se humedeció el labio inferior con la punta de la lengua.

–Muy inoportuna, ¿no? –comentó él en voz baja.

Al oírlo, Belle entró en razón y se echó hacia atrás.

–¿El qué?

–La atracción sexual que hay entre nosotros –le explicó él con toda tranquilidad.

–No... no hay nada entre nosotros –balbució ella–. Yo no...

Él la interrumpió apoyando un dedo en sus labios y mirándola a los ojos.

–La hay, y tú la sientes igual que yo. Desde que nos hemos visto.

Loukas no podía seguir negando el deseo que sentía por Belle. Ya no intentaba racionalizarlo. Había cosas imposibles de explicar o de razonar. Algunas cosas eran instintivas. Y su instinto le estaba pidiendo en esos momentos que probase sus labios suaves, húmedos.

Belle supo que, en esa ocasión, iba a besarla. Lo leyó en sus ojos y dejó de latirle el corazón mientras lo veía inclinarse hacia ella y bajar lentamente la cabeza.

Aquello era una locura. Solo hacía un par de horas que lo conocía. Había ido a trabajar para su hermana y Loukas se había opuesto a que lo hiciera. Tal vez estuviese jugando con ella, o intentando distraerla para después poder acusarla de no estar centrada en el trabajo que la había llevado a Aura.

La parte más sensata de Belle le dijo que se apartase, pero podía sentir el calor que emanaba de su cuerpo, el olor de su colonia, y no pudo evitar desear que la besase. Lo vio acercarse más y notó su aliento en los labios.

El ruido de un helicóptero sobre sus cabezas rompió el silencio e hizo entrar a Loukas en razón.

–Debe de ser Larissa –dijo con voz tensa.

«Justo a tiempo», pensó. Belle estaba en Aura para diseñar el vestido de novia de su hermana, no para que él la sedujese.

–Ha llamado hace un rato para decirme que volvía esta tarde –añadió.

Belle respiró hondo, horrorizada por lo mucho que había deseado que aquel hombre la besase.

—Espero que no haya adelantado su vuelta por mí —murmuró, poniéndose en pie a la vez que él y sobresaltándose cuando sus cuerpos se rozaron.

Se apartó de su lado como si se hubiese quemado. El ambiente estaba cargado de tensión. Aquello era una locura. ¿Cómo podía sentirse tan atraída por un hombre al que casi no conocía? ¿Cómo podía desear que la tumbase en la hamaca y le quitase el biquini? Ella no hacía ese tipo de cosas. El único encuentro sexual que había tenido había sido con un compañero de universidad con el que había salido una temporada. La experiencia había sido poco satisfactoria, un día en el que ambos habían bebido demasiado, y Belle no había vuelto a desear repetirla con nadie... hasta ese momento.

Se aclaró la garganta y se obligó a hablar.

—¿Sabes cómo está el padre de su prometido?

—Tengo entendido que Constantine está estable. Lissa se habría quedado en el hospital con Georgios si no hubiese sido así.

Loukas necesitaba alejarse de Belle y aclararse las ideas. Perdía el control cuando estaba cerca de ella y odiaba la sensación. Era evidente que estar todo un mes sin sexo era demasiado. Pensó en las mujeres a las que podía llamar, pero ninguna lo excitaba tanto como aquella rubia menuda que lo miraba con expresión de deseo.

—Ve a vestirte —le sugirió mientras echaba a andar

hacia la casa–. Estoy seguro de que Larissa estará deseando escuchar tus ideas acerca de su vestido.

Cinco minutos después de que Belle hubiese vuelto a su habitación llamaron a la puerta y Larissa Christakis irrumpió en ella.

–¡Belle! Siento mucho no haber estado aquí para recibirte. He tenido un día horrible, con el ingreso del padre de Giorgios en el hospital. Por suerte, Loukas se ofreció a ir a recogerte a Kea. Espero que te haya tratado bien.

Por suerte, Belle no tuvo que responder a aquello, ya que Larissa vio la maleta llena de retales encima de la cama.

–Como ves, ya estoy lista para empezar a diseñar tu vestido –murmuró.

–Lo estoy deseando –dijo Larissa, sin poder ocultar su emoción.

Era alta y delgada, tenía la piel morena y una melena de rizos oscuros, así que estaría guapa con cualquier vestido blanco.

–Pero Loukas me ha dicho que estarías cansada y que es mejor que no empecemos a trabajar hasta mañana –añadió Larissa.

Pero no era Loukas quién tenía que hacer tres vestidos en cinco semanas.

–¿Siempre hay que hacer lo que dice Loukas? –le preguntó Belle molesta.

–Sí –respondió Larissa tan contenta–. Loukas se ocupa de todo. No sé qué haría sin él. Ha sido genial organizando la boda. Y es la mejor persona del mundo, además de Georgios, por supuesto. Nuestros padres fallecieron cuando yo era niña y Loukas me crió. Tuvo que hacer muchos sacrificios para poder ocuparse de mí. Y yo me alegro de que, hace un par de años, cuando me necesitó, pudiese ayudarlo yo a él.

–¿Por qué? ¿Qué ocurrió? –preguntó Belle con curiosidad–. ¿Estuvo enfermo?

No podía imaginar a Loukas necesitando que nadie lo cuidase.

Larissa la miró incómoda, como si se arrepintiese de lo que había dicho.

–Una mujer le rompió el corazón. Tardó mucho tiempo en recuperarse y, durante una época, bebió para ahogar el dolor que le había causado.

Aquello sorprendió mucho a Belle. No era posible que le hubiesen roto el corazón a un hombre tan arrogante y seguro de sí mismo.

–¿La amaba? –preguntó, incapaz de disimular su curiosidad.

Larissa asintió muy seria.

–Sí, quería casarse con ella, pero de eso hace mucho tiempo. La cena es a las ocho –añadió, cambiando de tema–. El padre de Georgios está estable, así que tanto este como sus hermanas, Cassia y Acantha, que son mis damas de honor, han venido a Aura a conocerte.

–Estupendo –contestó Belle, obligándose a concentrarse en su trabajo–. Estoy deseando contarte mis ideas y enseñarte los tejidos.

–Bueno, si estás segura de que quieres empezar

ahora, hay una habitación vacía en el piso de arriba que Loukas me ha dicho que podemos utilizar.

–Qué vistas tan fantásticas –comentó Belle diez minutos después, mirando por la ventana con vistas al mar de la habitación a la que la había llevado Larissa.

–Es precioso desde aquí arriba, ¿verdad? Pues las vistas desde la terraza son todavía mejores –le contó Larissa–. Se llega por la escalera de caracol por la que hemos pasado. Loukas dice que, por la noche, es como si pudieses tocar las estrellas.

Larissa abrió la maleta con las telas y sacó un tul de seda color marfil.

–Oh, qué bonito. Tengo que ir a buscar a Cassia y a Acantha, que están casi tan emocionadas como yo.

Durante las siguientes horas, Belle habló con la novia y sus damas de honor acerca del material de los vestidos, y empezó a dibujar algunas de sus ideas.

–Socorro. La cena es dentro de veinte minutos –anunció Larissa de repente, mirándose el reloj–. Será mejor que vaya a cambiarme. Loukas odia que nos presentemos en vaqueros.

Belle había estado tan absorta en los vestidos que casi se había olvidado de él, pero en esos momentos pudo ver la imagen de su guapo rostro, recordó que habían estado a punto de besarse junto a la piscina, y le molestó ver que se le aceleraba el corazón solo con la idea de volver a verlo.

Una vez en su habitación, se puso un vestido de seda plateado con cuello halter, que era uno de sus diseños y se aseguró a sí misma que solo se lo ponía para demostrarle a Loukas que era una diseñadora con talento, y no porque supiese que le sentaba muy bien. Estaba orgullosa de su trabajo, y de aquel vestido en particular.

Como no le daba tiempo a hacerse nada en el pelo, se lo dejó suelto, se puso unos pequeños pendientes de diamantes y una cadena de plata alrededor del cuello, se perfumó y respiró hondo antes de salir de la habitación.

Capítulo 5

M E ENCANTA tu vestido –le dijo Larissa con admiración cuando Belle atravesó el enorme salón para llegar a la zona del comedor. La mesa de cristal había sido decorada con rosas blancas y velas que parpadeaban con la suave brisa que entraba por las puertas de cristal de la terraza, que estaban abiertas.

El entorno era maravilloso y relajante, pero Belle no había podido evitar darse cuenta de que Loukas la miraba de manera enigmática mientras se acercaba.

–¿Es una de tus creaciones? –preguntó Larissa, distrayéndola de la atracción que sentía por él.

Belle asintió y la novia sonrió triunfante.

–¿No te había dicho que era una diseñadora genial? –le preguntó a su hermano.

–Por supuesto –respondió este.

Era una pena que su hermana no le hubiese advertido también de la belleza de Belle. Estaba deslumbrante con aquel vestido gris, pero lo habría estado también con cualquier otra cosa, o incluso desnuda, le dijo una vocecilla en su interior. El deseo volvió a crecer y Loukas agradeció a su hermana que se pu-

siese a hablar alegremente mientras él intentaba controlar a sus hormonas.

–Belle, este es Georgios.

Esta sonrió al joven que había al lado de Larissa.

–Encantada. Siento que tu padre esté enfermo.

–Gracias. El médico nos ha dicho que habría que
adelantar la fecha de la operación, pero mi padre in-
siste en que continuemos con nuestros planes.

Ocuparon sus sitios en la mesa y Belle se sentó lo
más lejos posible de Loukas. Chip, muy elegante con
un traje oscuro, le guiñó el ojo mientras servía el primer plato.

–He pensado que sería mejor que me quitase las
bermudas, dado que mi jefe tiene invitados a cenar
–comentó en un susurro

Y Belle se dio cuenta de que apreciaba mucho a
su jefe. Miró hacia el otro lado de la mesa y se puso
tensa cuando su mirada se cruzó con la de Loukas.
Algo en ella hizo que se le acelerase el corazón.
Notó que se ruborizada y deseó apartar la vista de él,
pero estaba hipnotizada por el brillo de sus ojos grises, que ya no eran fríos y duros, sino sensuales y
calientes.

Se sintió incapaz de respirar y abrió mucho los
ojos, porque sentía pánico y atracción al mismo tiempo.
Volvió a recordar los momentos en los que le había
puesto crema. Belle le había dicho que no se sentía
atraída por él, pero había mentido y, a juzgar por la
expresión de Lukas, él lo sabía también.

Aquello era una locura. Por fin consiguió apartar
la mirada y bajarla a la ensalada de queso de cabra

que tenía delante. Nunca se había sentido tan atraída por un hombre.

Después de haber vivido el infeliz matrimonio de su madre y John Townsend, siempre había dudado de las relaciones y no había querido cometer un error como el de Gudrun. Nunca había sentido una atracción como la que estaba sintiendo por Loukas, y, por lo tanto, su instinto tampoco le había dicho nunca que la combatiese.

–¿Y cómo es que decidiste especializarte en vestidos de novia, Belle? –le preguntó Georgios–. ¿Eres una romántica?

Belle estuvo a punto de negarlo, pero al ver cómo se miraban Larissa y su prometido, no fue capaz.

–Pienso que es maravilloso que dos personas se enamoren y estén seguras de que están hechas la una para la otra y de que quieren pasar el resto de su vida juntas –dijo despacio–. Las bodas son momentos felices y me encanta poder contribuir a que ese día sea especial diseñando el vestido de la novia.

Aunque en el fondo pensaba que era imposible estar seguro de que uno iba a ser feliz con otra persona durante el resto de su vida. Con respecto al hecho de tener hijos, le parecía un concepto demasiado vasto. Sabía por experiencia propia que cuando una relación fracasaba, eran los niños quienes sufrían las consecuencias.

De repente, se dio cuenta de que todo el mundo estaba esperando a que continuase.

–Sinceramente, no puedo permitirme el lujo de pasarme el día soñando, teniendo mi propia empresa

–les explicó–. Estoy decidida a que Wedding Belle tenga éxito, así que mis vestidos son románticos, pero yo tengo que ser práctica.

–Entonces, ¿te definirías a ti misma como una mujer centrada en su carrera?

A Belle le sorprendió el tono en el que Loukas le había hecho la pregunta y también su sonrisa un tanto burlona. Era cierto que le había rogado que permitiese que le diseñase el vestido de novia a su hermana, pero si pensaba que podía pisotearla, estaba muy equivocado.

–Sí –le respondió en tono frío–. Como tú también eres un hombre de negocios, supongo que entenderás que me dedique en cuerpo y alma a mi empresa.

Él arqueó las cejas con curiosidad.

–¿Si tu carrera es tan importante para ti, quiere eso decir que no tienes pensado diseñar tu propio vestido de novia a corto plazo?

–No tengo planes en ese aspecto –le informó ella airadamente.

Y se sintió aliviada cuando Cassia retomó el debate en torno al color de los vestidos de las damas de honor.

–¿Cuánto crees que tardarás en tener el diseño del vestido de Larissa? –le preguntó Loukas a Belle al final de la cena.

Ella saboreó la última cucharada de mousse de chocolate antes de mirarlo, y el corazón volvió a darle un vuelco. Se preguntó si Loukas se ponía siempre tan elegante para cenar. Estaba muy sexy con aquel esmoquin negro y la camisa de seda blanca. La intensidad de su mirada diezmó su frágil compostura.

Belle se obligó a sonreír.

—Hemos empezado antes de la cena. Creo que podré tener los bocetos a finales de semana, y en cuanto Larissa haya decidido qué materiales quiere, los pediré a mis proveedores. Luego volveré al estudio para hacer los vestidos.

Loukas frunció el ceño.

—¿Significa eso que Larissa y sus damas de honor tendrán que ir a Londres a hacerse las pruebas?

—Sí, pero solo harán falta dos o, como mucho, tres.

—Va a ser difícil que hagan tres viajes a Inglaterra, teniendo la boda tan cerca y tantas cosas que hacer, ¿no crees, Lissa? —preguntó Loukas a su hermana—. Además, estoy seguro de que preferirías quedarte en Grecia ahora que Constantine está hospitalizado.

Larissa asintió despacio.

—Por supuesto que sería más sencillo no tener que viajar a Londres —admitió.

Y luego formuló la misma pregunta que Belle se estaba haciendo.

—¿Se te ocurre algo, Loukas? Belle no puede trasladar su estudio a Grecia.

—¿Por qué no?

En esa ocasión, fue Belle quien frunció el ceño.

—Sería imposible. Tengo todo mi equipo en el estudio.

—Pero si yo pudiese proporcionarte todo lo que necesitas, ¿podrías quedarte aquí en Aura a hacer los vestidos? —le preguntó Loukas—. La habitación en la que habéis estado hoy tiene un tamaño adecuado para instalar un taller, ¿no?

–Bueno... sí, pero... Habría que alquilar o comprar todo lo necesario, y serían muchos gastos. Una buena máquina de coser cuesta varios miles de libras. Además, tengo dos costureras a mi cargo, y no creo que Doreen y Joan puedan venir a Grecia y dejar en Londres a sus familias.

Loukas se encogió de hombros.

–El coste es lo de menos. Y, si es necesario, yo podría encontrar costureras en Atenas para que te ayudasen. Lo único que me importa es que todo esté preparado para el día de la boda, con las menos tensiones posibles para Larissa, y un modo de conseguirlo es que tú le hagas el vestido aquí en Aura.

Donde él podría, además, controlar sus progresos, pensó Belle furiosa. Loukas no lo había dicho, pero ella sabía que lo estaba pensando y eso la enfadaba. Quería controlarlo todo.

–Pareces olvidarte de que tengo que dirigir un negocio en Londres –murmuró, intentando controlar el tono de voz para que Larissa no se sintiese mal.

–¿Tienes otros encargos en estos momentos? –inquirió Loukas, sonriendo–. ¿No podrías dejar a una de las costureras a cargo de la empresa mientras estás aquí? Por supuesto, serás recompensada económicamente por el esfuerzo. Y no olvidemos que Wedding Bella recibirá mucha publicidad con esta boda.

Belle supo que estaba vencida, y sus temores se confirmaron cuando Larissa comentó emocionada:

–Oh, Belle, sería maravilloso que te quedases. Yo podría implicarme en todas las fases de creación de mi vestido. Y tú serías una invitada de honor en mi boda.

¿Cómo iba a decepcionar a Larissa, que ya había sido engañada por la primera diseñadora a la que había encargado el vestido?

—Supongo que es factible —admitió lentamente.

—Excelente. Entonces, ya está decidido —sentenció Loukas sonriendo—. Hazme una lista de las cosas que vas a necesitar para el taller y yo haré que las tengas lo antes posible.

Verlo tan satisfecho enfadó a Belle. Era evidente que era el rey de la isla y estaba acostumbrado a salirse siempre con la suya. Lo fulminó con la mirada y él respondió con una sonrisa burlona, pero fue el brillo de sus ojos, que le recordó la atracción sexual que había entre ambos, lo que hizo que Belle se estremeciese. Había pensado quedarse en Aura cinco días, no hasta la boda. Eso significaba que tendría que pasarse cinco semanas luchando contra la atracción que sentía por aquel hombre. Era normal que le temblase la mano al tomar la copa de champán que tenía delante para darle un buen trago.

El resto de la noche fue una tortura para Belle, que intentó que no se le notase el intenso interés que sentía por Loukas. Trató de relajarse y charlar con Larissa, Georgios y sus hermanas, pero no pudo evitar sentir las miradas de Loukas clavadas en ella, ni tampoco mirarlo constantemente. Se ruborizó cada vez que sus ojos se cruzaron y su cuerpo era consciente de que lo tenía cerca.

No supo qué hacer, cómo comportarse. La atrac-

ción que sentía por él era aterradora y emocionante al mismo tiempo. Nunca se había sentido tan viva, pero su instinto le advertía que aquello era peligroso. Loukas era demasiado poderoso, demasiado tenaz, y estaba completamente fuera de su alcance. Se preguntó si debía rechazar el encargo y volverse a casa.

Miró hacia el otro lado de la habitación, donde Larissa reía al lado de Georgios. Parecía tan contenta, tan emocionada con su boda, que no podía decepcionarla. Además, aquel iba a ser el encargo más importante de su carrera, y no podía rechazarlo solo porque se sentía atraída por el hermano de la novia. Solo tendría que evitarlo durante las siguientes semanas para que todo fuese bien.

Larissa se alejó de su prometido y se acercó a Belle.

—Esta noche vuelvo a Atenas con Georgios, que está mucho más preocupado por su padre de lo que parece, pero regresaré mañana por la mañana —le dijo, un tanto nerviosa—. Siento tener que dejarte sola en Aura, aunque, bueno, en realidad no estarás sola, sino con Loukas. Si necesitas cualquier cosa, o tienes algún problema, estará encantado de ayudarte.

—Estaré bien —murmuró Belle, conteniéndose para no contestar que Loukas era su problema.

Después de dar las buenas noches a todo el mundo, volvió a su habitación, y unos minutos después, oyó cómo despegaba un helicóptero. Tenía la sensación de que hacía días, y no horas, que había salido de Inglaterra. Era casi media noche, pero estaba demasiado nerviosa para meterse en la cama, ya que no

podía dejar de pensar en cómo la había manipulado Loukas para que se quedase en Aura hasta la boda.

Era tan dominante y contundente como su padrastro. Aunque no eran iguales. Era evidente que Loukas adoraba a su hermana y quería asegurarse de que tendría una boda perfecta. John Townsend había sido un matón, mientras que Loukas tenía una parte sensible. La vida lo había hecho duro e inflexible, pero quería proteger a su hermana y, seguro que debajo de aquel exterior tan áspero había un corazón. Un corazón que, según Larissa, le habían roto en una ocasión.

Como supo que no iba a poder dormirse y estaba acostumbrada a trabajar por la noche, momento del día en que estaba más creativa, salió de su habitación y se dirigió al piso de arriba, a la habitación que iba a utilizar de taller. De camino, pasó por delante de las escaleras que Larissa le había dicho que llevaban a la terraza, y después de dudarlo un instante, decidió subirlas.

En lo alto, una puerta con arco daba a un amplio jardín cubierto, iluminado suavemente por la luz de la luna. Era cierto, parecía posible levantar la mano y tocar las estrellas, y el único ruido que había era el de una fuente. En un extremo de la terraza había una mesa de comedor y sillas, y en vez de sofás y sillones, unos enormes cojines apilados en el suelo, debajo de un dosel, cuyo efecto recordaba a un campamento beduino.

Belle respiró hondo y empezó a relajarse, pero una voz a sus espaldas la hizo girarse. Dio un grito ahogado al ver a Loukas en la puerta.

–Veo que has descubierto mi escondite –comentó este.

Ella se quedó mirándolo y volvió a ponerse tensa. Él, por su parte, parecía cómodo.

–Sé cuál es el verdadero motivo por el que quieres que me quede en Aura –le dijo Belle, retándolo mientras intentaba controlar la reacción de su cuerpo al verlo sin chaqueta y con los primeros botones de la camisa desabrochados.

–¿De verdad? ¿Te importaría explicármelo?

–Sigues pensando que no tengo la experiencia suficiente para diseñar el vestido de novia de Larissa. Por eso quieres tenerme aquí, controlada. Ya te he dicho que estoy preparada para trabajar veinticuatro horas al día si es necesario. ¿Por qué no confías en mí?

–La confianza es algo que hay que ganarse –respondió él con brusquedad, acercándose a ella.

Había confiado en Sadie, pensó muy serio, y no volvería a confiar en ninguna otra mujer.

Belle se puso tensa al ver que se detenía muy cerca de ella. Lo miró a los ojos y le sorprendió ver una repentina desolación en ellos. Parecía casi... vulnerable, y Belle sintió ganas de abrazarlo.

La expresión de Loukas cambió y el momento pasó.

Belle se dijo que era una locura, pensar que aquel hombre necesitaba a alguien. Se apartó un mechón de pelo de la cara.

–Quiero que sepas que el único motivo por el que he accedido a quedarme y a hacer el vestido de Larissa aquí en Aura es que eso le facilitará las cosas a ella. Queda muy poco tiempo para la boda y sé que está preocupada por el padre de Georgios.

Intentó pasar por delante de él, pero Loukas la agarró del brazo y la hizo mirarlo.

–Te debo una disculpa.

Ella abrió mucho los ojos al oír aquello y deseó pedirle que la soltara, pero en su lugar le preguntó:

–¿Qué quieres decir?

La luna hacía que su pelo pareciese un río de plata y su vestido gris brillaba, dándole una apariencia etérea. Loukas notó una punzada en el corazón, como cuando veía amanecer y se imaginaba a su padre pescando.

Por algún motivo que no llegaba a comprender, Belle le había calado más hondo que ninguna otra mujer desde Sadie. Era menuda, luchadora y no tenía miedo a enfrentarse a él, un cambio refrescante, acostumbrado a la falsedad de tantas de sus anteriores amantes.

–Siento haber pagado contigo el enfado que tenía con la primera diseñadora del vestido de Larissa –admitió–. Protejo mucho a mi hermana y no quería que volviesen a hacerle daño. Por lo que he podido ver de tu trabajo, sé que tienes talento. Tu entusiasmo es evidente, así como tu buena relación con Lissa, y me alegro de que seas tú quien vaya a hacerle el vestido.

–Ah –fue lo único que consiguió contestar Belle.

Había pensado que era tan dominante como su padrastro, pero lo cierto era que jamás había oído a John disculparse por nada.

Estudió el rostro de Loukas y se le hizo un nudo en el estómago al posar la mirada en la curva de sus labios. Se dio cuenta de que había querido pensar mal de él porque estaba asustada por cómo la hacía sentir y por lo mucho que lo deseaba.

–Sin duda, será de gran ayuda para Larissa que le hagas el vestido aquí –dijo él–, pero existe otro motivo por el que he querido que te quedes.

A Belle se le aceleró el corazón y vio, paralizada, cómo Loukas bajaba muy despacio la cabeza. Ella se humedeció los labios con la punta de la lengua.

–¿Qué... otro motivo? –susurró.

–Este...

La besó despacio, con suavidad y una increíble sensualidad. El placer explotó dentro de Belle con fuerza volcánica. Tembló de deseo y no pudo evitar gemir. Había deseado que Loukas la besase desde que lo había visto llegar a Kea. Llevaba todo el día intentando negar la atracción que sentía por él, pero no podía seguir resistiéndose más.

Loukas profundizó el beso con firmeza, exigiéndole una respuesta, y Belle no pudo negarle algo que ella también quería. Apretó su cuerpo contra el de él y se le cortó la respiración al ver que la abrazaba.

Estaba muy excitado. Belle sintió su erección contra el vientre, pero en vez de entrar en razón, notó humedad entre las piernas. Una voz en su interior le advirtió que aquello estaba yendo demasiado lejos, pero su cuerpo se negó a escucharla. Siempre había sido sensata y obediente. Tal vez aquello estuviese mal, pero no podía desearlo más y todo su cuerpo estaba temblando. ¿Cómo podía estar mal si ella se sentía tan bien?

Loukas se dijo que tenía que parar antes de perder el control. Levantó la cabeza y miró a Belle. Y supo que era demasiado tarde. Había perdido el control en el momento en que la había visto en Kea.

Ninguna mujer lo había excitado tanto desde Sadie. Apretó la mandíbula. Aquello era distinto. Aunque odiase admitirlo, a Sadie la había querido, y su deseo por ella había sido mucho más que una atracción física. Lo que sentía por la mujer que tenía en ese momento entre los brazos era solo deseo. Y la entusiasta respuesta de ella le demostraba que era mutuo.

Aturdida, Belle pensó que aquello era una locura. Todo su cuerpo parecía ser una zona erógena y se sentía embriagada solo por el olor exótico de la colonia de Loukas. Su cerebro le estaba diciendo que parase, pero ya no tenía claros los motivos. El instinto estaba ganándole terreno a la razón.

–Quiero verte –le dijo Loukas con voz ronca.

Ella tembló mientras él levantaba la mano y le desabrochaba el vestido para ir bajándoselo muy despacio, dejando al descubierto la curva de sus pechos poco a poco. Belle no necesitaba bajar la vista para saber que tenía los pezones duros como piedras. Loukas le bajó el vestido hasta la cintura y dejó escapar un sonido gutural al ver sus pechos, erguidos provocadoramente hacia él, casi rogándole que los acariciara.

–*Theos*, eres deliciosa.

Bella contuvo la respiración mientras Loukas la acariciaba y las piernas empezaron a temblarle todavía más cuando lo vio inclinar la cabeza y notó cómo pasaba la lengua primero por un pezón y luego por el otro, una y otra vez, hasta hacerla gemir de placer y doblar las rodillas. Loukas la sujetó contra su cuerpo y la tomó en brazos.

Unos segundos después estaba tumbada en los enormes cojines. Loukas se arrodilló a su lado y a pesar de que una voz en su interior le decía que era solo un extraño, Belle no le hizo caso. Desde que lo había visto, se había sentido atraída por él.

Tenía los labios doloridos de los besos, pero en esos momentos Loukas estaban dedicándole toda su atención a sus pechos. Belle dio un grito ahogado al notar que le chupaba con fuerza uno de los pezones. Deseó que aquel placer no terminase nunca y enterró los dedos en su pelo para sujetarle la cabeza. La realidad se desdibujó. Belle miró hacia el cielo y se sintió perdida en el universo. Se había liberado de su padrastro, que le había estropeado toda la niñez. Podía hacer lo que quisiera, tomar sus propias decisiones y vivir la vida que escogiese. La idea la emocionó.

Loukas se había arrodillado encima de ella y Belle le acarició el pecho y sintió su calor. Belle quería más, quería tocar su cuerpo desnudo con las puntas de los dedos, así que le desabrochó los botones de su camisa y se la quitó para explorar con ansias los definidos músculos de su pecho y su abdomen. Se dejó llevar por el instinto y le acarició el bulto que tenía entre las piernas, haciéndolo gemir.

Él se dio cuenta de que estaba al borde del orgasmo. No recordaba la última vez que había estado tan excitado. Tuvo que hacer un enorme esfuerzo para no levantarle el vestido, apartarle las braguitas y penetrarla sin más.

Entonces la miró. Era preciosa, con la melena rubia extendida sobre los cojines y los cremosos pechos al descubierto. Era una bruja que lo tenía hechizado y que hacía que solo pudiese pensar en poseerla. Quería verla entera, acariciar todo su cuerpo.

Belle dudó un instante al ver que Loukas llevaba las manos a sus braguitas. Lo había conocido ese mismo día, aunque ya sabía muchas cosas de él. Sabía que era un buen hermano y un amigo leal, que a pesar de su duro exterior, se preocupaba por las personas a las que quería. Lo miró a los ojos y se le aceleró el corazón al ver la intensidad de su mirada.

–Quieres esto tanto como yo –le dijo él con voz profunda y aterciopelada.

Ella no podía contradecirlo, ni quería discutirlo. Lo deseaba y era un deseo tan fuerte, tan intenso, que nada más importaba. Permitió que le separase las piernas y metiese la mano, y vio su gesto de satisfacción al darse cuenta de que estaba muy húmeda.

Belle no pudo evitar dar un grito de sorpresa y arquear la espalda cuando Loukas encontró su clítoris y se lo acarició con cuidado. Sintió que se deshacía cuando le metió un dedo e, instintivamente, echó las caderas hacia arriba, para sentirlo todavía más dentro. Ya estaba empezando a sentir unos pequeños espasmos en el vientre, pero quería más... quería tenerlo en su interior.

Movida por un deseo que jamás antes había experimentado, se aferró a sus hombros e intentó hacer que la penetrase, pero Loukas se echó a reír y se resistió. Belle protestó al notar que se alejaba, pero luego se dio cuenta de que se estaba quitando los pantalones y los calzoncillos. Unos segundos después volvía a estar allí, empujándole con la erección en la pelvis. Notó que le ponía la punta de la erección a la entrada del sexo y dio un grito ahogado al notar lo grande que era. Tuvo dudas a pesar del aturdimiento y recordó, demasiado tarde, su inexperiencia. No obstante, Loukas estaba empezando a penetrarla lentamente, como si se hubiese dado cuenta de su repentino temor. La agarró por el trasero, empujó más y acalló su gemido de placer con un beso.

Loukas no podía seguir controlándose. Empezó a moverse, despacio al principio, para que Belle se acostumbrase a él. Tenía la sensación de que era algo que no hacía con frecuencia, así que intentó aguantar lo máximo posible para no llegar al clímax antes que ella. Belle empezó a moverse siguiendo su ritmo, con las caderas arqueadas hacia él y la cabeza apoyada hacia atrás en los cojines, los ojos medio cerrados.

Nada la había preparado para la intensidad del placer que le estaba dando Loukas con cada empellón. La llenaba, la completaba, sus dos cuerpos se movían como si se tratase solo de uno, hacia un lugar mágico que cada vez estaba más cerca. Belle vio las estrellas brillando en el cielo antes de que la cabeza de Loukas se las tapase y él le diese un beso que le llegó al alma. Belle se aferró a sus hombros mientras la tormenta crecía cada vez más en su interior y dio un grito al notar que su cuerpo empezaba a sacudirse y tenía un orgasmo increíble.

Él llegó al clímax casi a la vez. La agarró por las caderas mientras la empujaba por última vez y gimió salvajemente antes de desplomarse sobre su cuerpo e intentar respirar de nuevo. Belle notó cómo le latía el corazón, al mismo ritmo que el de ella, y sintió ternura al pensar que aquel hombre tan fuerte y poderoso se había deshecho entre sus brazos. Le dio un beso en la mejilla y se reconoció a sí misma que nunca se había sentido tan cerca de otro ser humano. Deseó poder quedarse así para siempre. Fue su último pensamiento antes de quedarse dormida.

Capítulo 6

NO ESTABA en su habitación. Belle se sentó despacio y miró a su alrededor. Su cerebro volvió a ponerse en marcha y se le revolvió el estómago al recordar. ¿Qué había hecho?

Solo unos segundos antes, sumida todavía en un delicioso aletargamiento, se había sorprendido por lo que había dado por hecho que era un sueño muy erótico. Pero no había estado soñando. Había pasado la noche con Loukas. La amplitud de la habitación y el tamaño de la cama, con sábanas de seda color burdeos, le indicaron que estaba en la habitación principal. Loukas debía de haberla llevado allí después de haberse acostado con ella en la terraza del tejado.

Sintió vergüenza y empezó a hacerse recriminaciones. No solo se había acostado con un hombre al que había conocido menos de veinticuatro horas antes, sino que, además, no se trataba de un hombre cualquiera, sino de Loukas Christakis, uno de los hombres de negocios más poderosos del mundo, que podría aplastar su pequeña empresa como si de una mosca se tratase.

Era un hombre cruel y cínico, que había desconfiado de ella y se había opuesto desde el principio a que una diseñadora desconocida diseñase el vestido de novia de su hermana. Aunque luego le había dado una oportunidad y la había llevado a Aura, donde ella se había puesto nerviosa y había caído rendida a sus pies.

Recordó su cuerpo desnudo, su boca devorándole los pechos y sus dedos acariciándole el sexo. Avergonzada, se llevó las manos a las mejillas, que le ardían. Lo había estropeado todo, pensó. Seguro que, en esos momentos, Loukas estaba ya organizando su viaje de vuelta a Londres.

–Ah, estás despierta. Había empezado a pensar que ibas a quedarte ahí todo el día –comentó Loukas, entrando a la habitación desde una puerta que debía de ser la del cuarto de baño.

Iba vestido con un traje gris oscuro, camisa blanca y corbata azul marino.

Belle se dio cuenta al instante de que ella estaba desnuda y agarró la sábana con fuerza, intentando averiguar de qué humor estaba. ¿Tendría ataques de ira, como John? ¿O su enfado sería frío y sarcástico?

Loukas se acercó a la cama y, a pesar de tener el pulso acelerado, Belle se dio cuenta de que estaba recién afeitado. Era tan guapo que era normal que hubiese sucumbido a sus encantos, pero eso no era una excusa.

–Sé lo que debes de estar pensando –le dijo, vacilante, deseando que no se hubiese sentado en el borde de la cama para que no le llegase el olor de su aftershave–. Solo quiero que sepas que nunca hago... lo que hice anoche.

Loukas frunció el ceño.

–¿Quieres decir que eras virgen?

Ella lo miró sorprendida.

–No, claro que no. Tuve una relación con un compañero de universidad. Bueno, en realidad no fue una relación, éramos amigos y una noche nos acostamos –balbució, ruborizándose–. No resultó ser buena idea. En cualquier caso, lo que quería decir es que yo nunca... me acuesto... con alguien a quien apenas conozco.

Loukas se preguntó si Belle sería consciente de lo vulnerable que parecía. Deseó abrazarla y darle un beso en los temblorosos labios. La noche anterior, bajo la luz de la luna, había creído que no podía estar más guapa, pero esa mañana, con el pelo enmarañado sobre los hombros desnudos y la boca ligeramente hinchada de sus besos, estaba mucho más sexy, y él se estaba excitando solo de pensar en volver a hacerle el amor.

No sabía por qué, pero le había gustado que admitiese que solo había tenido un amante antes que él. En realidad, su pasado no le interesaba, ni tampoco su futuro, ya que en unas semanas sus vidas volverían a separarse. Únicamente le interesaba el presente.

–¿Qué importa que solo nos conociésemos desde hacía horas y no días? –le preguntó en tono frío–. Iba a ocurrir antes o después. Ha habido química entre nosotros desde la primera vez que nos hemos visto.

Belle separó los labios para negarlo.

–¿Por qué esperar, si era algo que ambos deseábamos?

–¡Porque no nos conocemos! –respondió ella temblorosa.

Loukas se encogió de hombros.

–Sabemos varias cosas el uno del otro, y anoche nos enteramos de que, sexualmente, somos muy compatibles. ¿Qué más necesitamos saber? De todos modos, no estamos hablando de pasar el resto de nuestras vidas juntos –añadió en tono socarrón.

Aquellas palabras dolieron a Belle. De repente, recordó los momentos posteriores a haber hecho el amor, cuando se habían abrazado mientras sus respiraciones se calmaban, y que ella se había sentido segura por primera vez en la vida. Como si Loukas fuera la persona con la que tenía que estar. Una sensación ridícula.

Lo miró con timidez y se le hizo un nudo en el estómago al darse cuenta de que la estaba devorando con los ojos. Recordó su cuerpo desnudo acercándosele, recordó su erección penetrándola lentamente, y notó humedad entre las piernas. Tenía que recuperar el control de la situación. No parecía que Loukas quisiera despedirla y, en adelante, iba a centrarse en su trabajo.

–En cualquier caso, no volverá a ocurrir –le dijo.

–Por supuesto que sí –la contradijo él con toda naturalidad, acercándose más.

Belle se apretó contra el cabecero de la cama, con el corazón acelerado. Loukas colocó ambas manos a los lados de su cabeza y acercó mucho los labios para susurrarle:

–Una noche no es suficiente para ninguno de los

dos, aunque estoy seguro que, de aquí a la boda de Larissa, ambos estaremos saciados y podremos continuar con nuestras vidas.

La sorpresa y el deseo se enfrentaron dentro de la cabeza de Belle.

–¿Me estás proponiendo que tengamos una aventura durante mi estancia en Aura? –inquirió.

–¿Se te ocurre algún motivo por el que no debiésemos hacerlo? –replicó Loukas–. Somos adultos y libres para hacer lo que queramos. Yo no tengo ninguna relación en estos momentos, y supongo que tú tampoco.

Parecía tan sencillo. Y tal vez Loukas tuviese razón, le dijo una vocecilla a Belle en su interior. Tal vez ella estuviese buscando complicaciones que no existían. ¿Por qué no tener una aventura? El sexo de la noche anterior había sido indescriptiblemente maravilloso. Era cierto que no tenía mucha experiencia, pero sabía que él había disfrutado tanto como ella.

Y no corría peligro de enamorarse. Tal vez no fuese como su padrastro, pero seguía siendo demasiado dominante. Los pocos hombres con los que había salido en el pasado habían sido amables, bohemios, sensibles y poco exigentes. Tal vez un poco aburridos, pero, de todos modos, ella tampoco había tenido tiempo para grandes pasiones, teniendo que establecer su negocio.

Se mordisqueó el labio inferior.

–Necesito concentrarme en los vestidos. ¿Y qué pensaría Larissa?

Loukas se encogió de hombros.

–Supongo que no le importaría. El único problema sería que mi hermana pudiese vernos como una pareja de enamorados. Le preocupa dejarme solo cuando se case con Georgios y se marche a vivir a Atenas, y le gustaría que me enamorase –le explicó él en tono irónico–, pero no tiene por qué enterarse. Lissa ha llamado hace un rato para decir que habían operado a Constantine de urgencia esta misma mañana. Al parecer, todo ha ido bien, aunque tendrá que quedarse en la unidad de cuidados intensivos varios días. Larissa ha decidido quedarse con Georgios en Atenas, pero vendrá a Aura cuando tenga que probarse el vestido.

Eso significaría que Belle estaría a solas con Loukas en Villa Elena todas las noches. Contuvo la respiración al notar que le trazaba la curva del cuello con un dedo y seguía descendiendo hacia el valle que había entre sus pechos.

–¿De verdad quieres dormir sola noche tras noche, atormentada por fantasías en las que mis manos te acarician? –murmuró Loukas.

Estiró de las sábanas y sus ojos brillaron de deseo al ver sus pechos desnudos y sus pezones erguidos.

–¿Cuántas noches crees que resistirías el hambre carnal que nos está consumiendo a ambos? –añadió.

Belle lo miró aturdida, pero, al parecer, Loukas no necesitaba que le diese una respuesta. Tal vez porque sabía que era incapaz de resistírsele, pensó ella, avergonzada por su debilidad. La verdad era que no podía oponer resistencia. Estaba deseando que la besase, que le acariciase los pezones como había hecho la

noche anterior y que volviese a hacerle sentir esas ex-
quisitas sensaciones que solo había conocido con él.
Se quedó decepcionada al ver que se levantaba de la
cama e iba hacia las enormes ventanas con vistas al
mar.

–Hay una cosa de la que tenemos que hablar.

Ya no había calor ni sensualidad en su voz, parecía tenso, su lenguaje corporal había dejado de ser relajado.

–Anoche no utilicé preservativo, así que, a no ser
que estés tomando la píldora, tuvimos sexo sin ninguna protección.

Aquello lo ponía furioso. Estaba furioso consigo
mismo, por haber sido tan descuidado. Loukas se
preguntó por enésima vez desde que se había dado
cuenta cómo había sido posible mientras intentaba
respirar hondo.

Se había despertado al amanecer y se había encontrado con que Belle se había apartado del lado de la
cama en la que la había dejado al bajarla a su habitación y se había pegado a él. Su cuerpo estaba suave
y caliente y su maravilloso pelo cubría la almohada.
Loukas se había excitado al instante, pero al recordar
la pasión que habían compartido unas horas antes, se
había dado cuenta también de que se le había olvidado la anticoncepción.

Y se había odiado a sí mismo. Porque después de
que Sadie hubiese terminado con su embarazo, se había jurado que tomaría todas las precauciones posibles para evitar dejar embarazaba a ninguna otra mujer. No había pretendido hacerle el amor a Belle en

la terraza del tejado, pero, como los pescadores en los cuentos de mitología griega que su padre le había contado de niño, se había sentido atraído por una sirena y hechizado con su belleza. Al tener a Belle entre sus brazos, se había olvidado de todo salvo de cuánto la deseaba y lo cierto era que, por mucho que se lamentase, podía haberla dejado embarazada.

Se giró a mirarla y, al ver la expresión de horror en su rostro, supo que no se estaba tomando la píldora.

—¡Oh, Dios mío! No pensé...

Belle no era capaz ni tan siquiera de contemplar la posibilidad de estar embarazada. ¿Qué haría? ¿Cómo iba a dedicar todo su tiempo a Wedding Belle si tenía un hijo?

—Sería un desastre –añadió instintivamente al imaginárselo.

No se dio cuenta de que Loukas apretaba la mandíbula.

—Veo que la idea de la maternidad no te interesa –dijo él, en tono enfadado.

Aunque Belle estaba demasiado preocupada por las posibles consecuencias de lo que había hecho como para darse cuenta.

—En este momento de mi vida, es evidente que no –admitió–. Quiero centrarme en mi carrera, al menos, durante un par de años más.

Sabía que tardaría años en tener éxito como diseñadora, así que, en realidad, dudaba que algún día tuviese hijos. Estaba convencida de que todos los niños se merecían ser criados por sus padres, preferiblemente, casados, pero ella no quería casarse y arriesgarse a ser tan infeliz como había sido su madre con John. Tenía veinticinco años, así que todavía le quedaba tiempo antes de que su reloj biológico la obligase a plantearse en serio si quería ser madre o no, pero, debido a su comportamiento irresponsable de la noche anterior, tal vez la decisión ya estuviese tomada.

—¿Cuándo sabrás si estás embarazada? —le preguntó Loukas.

Ella hizo un rápido cálculo mental y expiró.

—En un par de días... pero seguro que no lo estoy. No es el mejor momento del mes para quedarme embarazada.

La expresión de Loukas era indescifrable.

—Eso espero.

Regresó al lado de la cama y la miró a los ojos con intensidad, casi como si estuviese intentando meterse en su cabeza.

—Quiero saberlo. Si estás embarazada, será por mi culpa y aceptaré toda la responsabilidad.

Belle se estremeció al oír aquello y se preguntó cómo reaccionaría Loukas si resultaba que estaba embarazada. ¿Y qué quería decir con lo de que aceptaría toda la responsabilidad?

—Seguro que no —repitió, desesperada por convencerse a sí misma.

Era demasiado duro pensar en la alternativa.

Loukas se sentó en la cama y ella tragó saliva al ver que la agarraba por la barbilla y le hacía inclinar la cabeza.

–Quiero que me des tu palabra de que me lo contarás si, dentro de un par de días, las cosas no salen como ambos esperamos que salgan.

Ella se preguntó si estaba preocupado o si, una vez más, solo quería controlarlo todo. Le costaba trabajo pensar teniéndolo tan cerca y sintió vergüenza al darse cuenta de que, incluso con la posibilidad de estar embarazada, estaba deseando que la besase. Se humedeció el labio inferior con la punta de la lengua, un gesto muy tentador.

–Te lo contaré –le aseguró.

–Bien.

Loukas relajó un poco los hombros, pero sintió una tensión distinta al bajar la vista a los labios de Belle. Se dijo que tenía que marcharse. Tenía una reunión importante. Pero no podía concentrarse en los negocios, solo podía pensar en apartar la sábana que cubría el cuerpo de Belle y devorárselo. Y no precisamente con los ojos. ¿Qué tenía aquella mujer que hacía que desease hacer caso omiso de su ética profesional y que la noche anterior había hecho que olvidase sus principios acerca del sexo sin protección?

Entró en razón al oír a lo lejos el ruido de un helicóptero acercándose a Aura. Tendría cinco semanas para satisfacer el inoportuno deseo que sentía por Belle, y obligándose a esperar hasta la noche para hacerle el amor solo aumentaría después su satisfacción. Inclinó la cabeza para darle un beso rápido y ella respondió con entusiasmo. Loukas tuvo que hacer un esfuerzo sobrehumano para apartarse, y sonrió al ver decepción en los ojos de ella.

–Tendrás que tener paciencia hasta esta noche, belleza. Tengo trabajo, y tú también. Larissa está llegando.

La vio ruborizarse y sintió todavía más curiosidad por ella. Teniendo en cuenta que se describía a sí misma como una mujer centrada en sus negocios, le resultaba demasiado idealista. Tenía una potente mezcla de inocencia y sensualidad de la que él pretendía disfrutar durante las siguientes semanas y hasta la boda de su hermana.

De alguna manera, Belle consiguió actuar con naturalidad delante de Larissa, aunque no pudo dejar de pensar en los acontecimientos de la noche anterior. A la luz del día, casi podía convencerse a sí misma de que la salvaje pasión que había compartido con Loukas en la terraza había sido solo un sueño, aunque el placentero dolor que sentía en ciertos músculos que solía utilizar muy poco, le decía lo contrario.

Se ruborizó al recordar cómo la había excitado Loukas con sus manos y con su boca. Era un experto, un maestro en el arte de hacer el amor, era normal, tenía mucha práctica. Tenía fama de playboy y solía salir en las revistas acompañado por sus amantes.

Belle no sabía qué había visto en ella ya que, aunque era consciente de que era atractiva, no podía compararse con las impresionantes supermodelos que le gustaban a Loukas. No obstante, este la deseaba y le había dejado claro que quería que fuesen amantes durante su estancia en Aura.

El sentido común le decía que se negase. Había cientos de motivos por los que no debía tener una aventura con Loukas. Pero nunca le había apetecido menos ser sensata, reconoció en silencio, mientras se inclinaba sobre el bloc de dibujo en el que estaba plasmando sus ideas para el vestido de Larissa.

Se aseguró a sí misma de que no corría el riesgo de enamorarse de él. No necesitaba a un hombre en su vida, ya que solo le importaba su carrera, ¿qué podía tener de malo disfrutar de unas semanas de increíble sexo con un griego impresionante?

—Ah, así es exactamente como quiero que sea mi vestido —comentó Larissa emocionada mientras miraba por encima del hombro de Belle y estudiaba el boceto—. Me encanta el corpiño drapeado y la cola.

—Estaba pensando que la cola debería ser de encaje de chantilly, y tal vez el velo también —le explicó Belle, obligándose a concentrarse en el diseño—. Mira, una muestra —añadió, acercándose al montón de retales que había al otro lado de la mesa y tendiéndole el de encaje a Larissa.

—Es perfecto —admitió esta, levantándose y estirándose—. Yo creo que ya hemos hecho suficiente por hoy. Son las cuatro de la tarde. No me había dado cuenta de la hora.

Puso gesto de sorpresa al oír un helicóptero y miró por la ventana.

—Me pregunto por qué vuelve tan pronto mi hermano. No obstante, me alegro, porque así me puedo marchar ya a Atenas. El padre de Georgios sigue en la unidad de cuidados intensivos, pero podré pasar a verlo unos minutos esta noche –dijo, dirigiéndose hacia la puerta–. Hasta mañana, Belle.

Abajo, en la entrada de Villa Elena, Chip no pudo ocultar su sorpresa al ver entrar a Loukas en casa.

–Llegas muy pronto, jefe. ¿Va todo bien?

–¿Por qué todo el mundo espera que me pase la vida en el trabajo? –gruñó Loukas, a pesar de saber que, normalmente, trabajaba hasta las ocho o las nueve de la noche.

Su asistente personal también se había quedado de piedra cuando le había anunciado que había terminado su jornada y que no le pasase ninguna llamada a no ser que fuese algo de vital importancia.

–Tengo vida fuera del trabajo, ¿sabes? –le dijo Loukas a Chip–. ¿Dónde está mi hermana?

–Con Belle, llevan todo el día trabajando en el taller... –empezó Chip.

Loukas pasó por su lado y subió las escaleras de dos en dos.

El mayordomo sospechó que tenía que haber un motivo para que su jefe volviese a casa tan temprano, y tal vez tuviese algo que ver con las miradas que se había cruzado con Belle la noche anterior. No podía negar que era muy guapa, pero Loukas nunca había antepuesto su interés por una mujer a Christakis Holdings.

Belle estaba inclinada sobre la mesa, terminando el boceto con el que trabajaría para hacer el vestido de Larissa. Estaba tan concentrada que no se dio cuenta de que ya no estaba sola, y Loukas la observó durante unos minutos, embelesado con su delicada belleza. La melena clara le caía como una cortina de seda por los hombros. Recordó su suavidad al tocarle la piel y se excitó al pensar en la noche anterior.

Se había pasado todo el día pensando en ella. Por primera vez en su vida, se había aburrido en una importante reunión de negocios y se había puesto a pensar en una chica rubia de ojos azules, impaciente por volver a hacerla suya. Ya estaba de vuelta en Aura y pronto se llevaría a Belle a la cama, se dijo, satisfecho, notando cómo su cuerpo se endurecía solo de pensar en hundirse entre sus suaves muslos.

Belle levantó la cabeza y su mirada se cruzó con la de Loukas. Se ruborizó a pesar de haber tomado la decisión de hacerse la fría con él. Volvió a bajar la vista al boceto mientras intentaba recuperar la compostura. Se había creído capaz de comportarse como una amante sofisticada y de disfrutar de una aventura sin importancia, pero la atracción que sentía por él le hacía sentirse como una ingenua adolescente y no como una *femme fatale*.

–¿Cómo vas? –le preguntó Loukas acercándose para estudiar sus dibujos–. Acabo de hablar con Larissa y me ha dicho que casi has terminado el diseño del vestido.

–Sí, hoy hemos avanzado mucho –respondió Belle con el corazón acelerado.

Como no se sentía capaz de mirarlo, se puso a recoger la mesa de trabajo, en la que estaban extendidos algunos retales y hojas de papel con bocetos.

–Mañana empezaremos a pensar en los vestidos de las damas de honor y luego les tomaré las medidas para hacer los patrones de papel...

Dejó de hablar cuando Loukas puso la mano debajo de su barbilla y la obligó a mirarlo, y otra ola de calor le inundó las mejillas al ver el sensual brillo de sus ojos.

—Eh —le dijo Loukas en voz baja—. No tienes que hacerme un informe. Sé que sabes lo que estás haciendo.

No recordaba cuándo había sido la última vez que había visto ruborizarse a una mujer. Después de la explosiva pasión que habían compartido la noche anterior, no había esperado que Belle se comportase con tanta timidez. Estaba acostumbrado a tener amantes que se hacían las coquetas y que empleaban todas sus artes femeninas para mantener su interés, pero Belle había admitido que solo había tenido otro encuentro sexual antes de aquel. En comparación con las mujeres con las que solía salir, parecía muy inocente y su vulnerabilidad le estaba calando hondo.

—Lissa me ha contado que habéis ido a ver la iglesia esta mañana —le dijo, decidido a calmar a sus hormonas, que le pedían que le hiciese el amor inmediatamente.

Belle asintió.

—Sí, es muy pintoresca —murmuró, pensando en la pequeña capilla de color blanco y con bóveda azul que, según la placa que había en ella, había sido construida en el siglo XIII.

Detrás de ella había un increíble acantilado y tanto el entorno como el edificio la habían inspirado a la hora de diseñar el vestido de Larissa.

—Me preguntaba si te gustaría que te enseñase el

resto de Aura. Le pediré a Maria que nos prepare un picnic y nos pararemos en cualquier sitio a comerlo.

Ella lo miró sorprendida y dejó escapar muy despacio el aire que había dejado atrapado en sus pulmones. Nunca antes había tenido una aventura y no tenía ni idea de las normas, pero sí había pensado que Loukas solo querría tener sexo con ella. El corazón le dio un vuelco al darse cuenta de que también quería pasar tiempo en su compañía fuera del dormitorio.

—Eso sería estupendo —le respondió sonriendo—. Me encantará terminar de ver tu isla.

—Bien —dijo Loukas, apartando los ojos del redondeado contorno de sus pechos y resistiendo la tentación de subirla encima de la mesa y devorarla—. Nos veremos abajo en un cuarto de hora.

Luego fue hacia la puerta, en esos quince minutos, aprovecharía para darse una ducha fría.

—¿Nunca has conducido una motocicleta ni has ido de paquete? —le preguntó un rato después, cuando Belle salió de la casa y miró el vehículo con cautela—. No tiene ningún misterio. Pon los brazos alrededor de mi cintura y sujétate fuerte. Veo que voy a tener que enseñarte muchas cosas nuevas —añadió en tono divertido.

Belle volvió a sonrojarse. No había esperado que Loukas tuviese también un lado relajado y divertido. Mientras se subía a la moto detrás de él, reconoció que le sería muy sencillo enamorarse, pero no iba a permitir que su aventura le importase más de la cuenta. Dudó un instante y, al darse cuenta de que no había otra cosa a la que agarrarse, lo abrazó por la cintura y apoyó las manos en sus duros músculos abdominales.

Ir montada en moto, con el aire caliente golpeándole el rostro y haciendo volar su melena, era aterrador y emocionante. Al principio, Belle cerró los ojos, pero luego se dio cuenta de que Loukas controlaba completamente la situación y tuvo el valor de mirar el paisaje. El estrecho camino que era la única carretera de Aura atravesaba olivares y zonas de densa vegetación, y dejaba a un lado pequeñas calas en las que la arena blanca se encontraba con el agua azul turquesa del mar.

–Aquí hubo un antiguo templo griego –le explicó Loukas, deteniéndose delante de unas ruinas de piedra–. Debió de ser construido para honrar a alguna diosa de la mitología griega. Aura era la diosa de la brisa y es probable que el nombre de la isla se deba a ella.

–Me fascina la mitología griega –admitió Belle–. Son historias tan maravillosas.

–Si quieres, te prestaré algunos libros. Tengo muchos. Mi padre sabía muchos cuentos y solía contármelos cuando era niño.

El rostro de Loukas se ensombreció un momento y Belle se dio cuenta de que se había puesto triste.

–Debes de echarlo de menos –le dijo en voz baja. Luego se mordió el labio–. Sé cómo te sientes. Mi madre falleció hace tres años y la echo de menos todos los días.

Él le dedicó una mirada de compasión.

–Lo siento.

La ternura de su voz hizo que a Belle se le llenasen los ojos de lágrimas.

–A mamá le habría encantado esto. Es como si en la isla no pasase el tiempo.

–Los arqueólogos de un museo de Atenas piensan que en Aura hay un asentamiento que lleva aquí desde el tercer milenio después de Cristo.

–Es increíble, pensar que hubo personas aquí hace tanto tiempo –comentó Belle mirando a su alrededor–. Me encanta que Aura sea tan natural, tan virgen. Supongo que ahora vas a decirme que tienes planeado construir un hotel, un campo de golf y un parque de atracciones en ella.

Loukas se echó a reír.

–De eso nada. A mí también me gusta la belleza natural de Aura y pretendo mantenerla –dijo, mirando a Belle con curiosidad–. La mayoría de las mujeres a las que conozco solo querrían venir a Aura si hubiese un hotel de cinco estrellas con balneario, salón de belleza y tiendas.

¿Quería decirle con ello que pensaba que ella no era nada sofisticada? Bella estudió la playa desierta a la que habían llegado por un camino que bajaba desde las ruinas y disfrutó de la belleza salvaje del escenario.

–Supongo que no soy como tus otras mujeres –comentó en tono animado–. Para mí, estar aquí sola es como estar en el cielo.

–No estás completamente sola –le recordó Loukas, con la voz ronca de repente.

Belle sintió un escalofrío y el corazón se le aceleró cuando notó que le acariciaba el pelo.

—¿Quieres bañarte en el mar? —le preguntó él.

—No me he puesto el biquini —respondió ella, lamentándolo.

—No te hace falta. Tal y como has dicho, estamos solos. ¿No has nadado nunca desnuda? —le preguntó en un murmullo, acariciándole la piel con el aliento mientras le quitaba la camiseta por la cabeza y le desabrochaba el sujetador.

Sonrió al verla negar con la cabeza.

—Ya te he dicho que iba a disfrutar enseñándote muchas cosas nuevas, mi preciosa Belle —añadió.

Cuando reía parecía más joven, casi un muchacho, y sus ojos dejaban de parecer fríos y brillaban de diversión. Cuando el sujetador de Belle cayó a la arena, empezaron a mirarla con deseo. Luego bajó las manos a la cremallera de sus pantalones vaqueros.

—El último en entrar al agua es un gallina.

—¡Eh, eso no es justo!

Mientras intentaba quitarse los ajustados vaqueros, Belle pensó que nunca había visto desnudarse a un hombre tan rápido. En realidad, nunca había visto desnudarse a un hombre, y punto. Loukas ya iba en dirección a la playa, completamente desnudo, con la piel brillando como bronce pulido bajo el ardiente sol griego. Su trasero firme y sus poderosos muslos hicieron que Belle se sintiese débil, y después de recorrer la playa con la mirada para asegurarse de que estaban solos, se quitó las braguitas y corrió tras de él.

El agua la refrescó.

–No puedo creer que esté haciendo esto –admitió, dando un grito ahogado cuando Loukas la agarró por la cintura y la apretó contra su cuerpo excitado.

–Es estupendo, ¿no? ¿Sentirse libre y desinhibido? –dijo riendo, acariciándole las mejillas sonrojadas–. No puedo creer que te estés ruborizando otra vez.

Se miraron a los ojos y él dejó de reír para inclinar la cabeza y darle un sensual beso que caló a Belle hasta el alma.

Cuando la llevó en brazos de vuelta a la arena, a la manta que había tendido en ella, tuvo que admitir que le daba miedo pensar lo fácil que sería enamorarse de él. Pero entonces Loukas se arrodilló encima de ella, bloqueando el sol con el cuerpo, y Belle lo abrazó con las piernas por la cintura y dejó de pensar.

Capítulo 7

YA ESTÁ, el último cristal en su sitio, gracias a Dios –dijo Belle, irguiéndose y moviendo los doloridos hombros–. Pensé que no iba a terminar nunca de coserlos, pero ha merecido la pena tantas horas de trabajo. El corpiño da mucho brillo al vestido, ¿no te parece?

Miró a Larissa para ver cuál era su reacción con el vestido de novia por fin terminado, y le sorprendió ver lágrimas en sus ojos.

–Es indescriptible –comentó la joven–. Oh, Belle, es precioso. Mucho más bonito de lo que había imaginado. Es el vestido de mis sueños, y no sé cómo darte las gracias por haberlo hecho realidad.

–Me alegro de que te guste –le respondió Belle, sintiéndose orgullosa.

Era probablemente el mejor vestido de novia que había creado. El corpiño, sin tirantes, era de tul de seda blanca y la falda, de encaje. Ambos estaban adornados con cientos de minúsculos cristales y pequeñas perlas. Todavía tenía que coser los cristales del velo, y a una semana para la boda, tenía por delante muchas horas de trabajo para poder terminar los vestidos de las damas de honor.

–Ya está Loukas en casa –dijo Larissa al oír un helicóptero–. El piloto va llevarme de vuelta a Atenas porque la madre de Georgios va a dar una cena esta noche para celebrar que le han dado el alta a Constantine. Te mandaré a mi hermano para que vea el vestido, aunque de todos modos, supongo que vendrá derecho al taller. Al parecer, le gusta pasar tiempo contigo.

Belle se inclinó hacia la falda del vestido con la esperanza de que Larissa no se diese cuenta del repentino calor que tenía en las mejillas.

–Le interesa mucho el progreso de los vestidos –balbució.

–Tengo la sensación de que le interesa más la diseñadora que los vestidos –replicó Larissa–. Porque nunca había vuelto del trabajo tan pronto como últimamente.

–Tal vez no tenga mucho que hacer en estos momentos –comentó, sonrojándose todavía más al pensar que las horas que no estaba en su despacho de Atenas, Loukas las pasaba haciéndole el amor a ella.

Habían sido discretos delante de Larissa, pero era evidente que esta tenía sus sospechas.

Cosa que confirmó al añadir:

–No creas que no me he dado cuenta de cómo te mira, ni de cómo lo miras tú a él. Sé que hay algo entre vosotros, y me parece estupendo. Me encantaría tenerte como cuñada, Belle. Tal vez el próximo vestido que diseñes sea el tuyo propio.

Belle sacudió la cabeza con firmeza.

–No, eso no va a ocurrir. No quiero casarme –le

explicó a Larissa, que parecía decepcionada–. Estoy demasiado ocupada con Wedding Belle. Mi carrera es lo más importante.

Dudó un instante antes de continuar:

–Entre tu hermano y yo no hay nada.

En parte, era cierto. Al menos, era mucho más sencillo que intentar explicar que lo suyo con Loukas no era más que una aventura.

Aunque eso tampoco era del todo verdad, pensó Belle después de que Larissa se hubiese marchado y la hubiese dejado sola en el taller. Desde que se habían convertido en amantes, habían compartido mucho más que encuentros sexuales. Habían cenado bajo la luz de las velas y habían pasado horas tumbados junto a la piscina. Habían explorado las ruinas de Aura y Loukas la había llevado a Atenas a ver la Acrópolis y otros lugares famosos después de haberse dado cuenta de que compartían su interés por la historia de la antigua Grecia.

La preocupación de poder haberse quedado embarazada la primera noche que habían hecho el amor en la terraza se había visto disipada un par de días antes, cuando había empezado con el periodo. Desde entonces, había pasado todas las noches con Loukas, y el deseo que sentían el uno por el otro, lejos de haber menguado, parecía haberse intensificado. Solo quedaba una semana para la boda de Larissa, una semana para que se terminase su aventura. Porque, eso era seguro, iba a terminarse. Loukas tenía que viajar a Sudáfrica justo después de la boda de su hermana y Belle debía regresar a Londres, con un poco de suerte, con un aluvión de encargos después de la publicidad que le daría la boda de Larissa.

Suspiró pesadamente y fue hacia la ventana, a admirar la amplia extensión de un mar azul zafiro, que reflejaba el cielo despejado. Echaría de menos la tranquila belleza de Aura. Se mordió el labio. ¿A quién pretendía engañar? Echaría de menos a Loukas. Aunque no quisiese reconocerlo, era la verdad. No se había enamorado de él, por supuesto que no, pero tenía la esperanza de que su última semana en Aura pasase muy despacio.

—Te veo muy pensativa.

Loukas había entrado en el taller en silencio y, al ver a Belle sumida en sus pensamientos, se había quedando unos minutos observándola. Se dijo que estaba todavía más guapa que cuando había llegado a Aura. La larga melena, recogida esa tarde en una coleta, estaba todavía más rubia y hacía que sus ojos pareciesen también más azules. Sintió deseo, pero algo en su postura hizo que se le encogiese el estómago. A veces parecía encerrarse en sí misma, y no era la primera vez que la veía triste y que deseaba abrazarla con fuerza.

Belle se giró al oírlo hablar y le sonrió, pero solo con los labios.

—Estaba pensando en todos los cristales que me quedan por coser al velo de Larissa. Por suerte, el vestido está terminado. ¿Quieres verlo?

Él intentó no pensar en que lo que realmente deseaba era romper todas las barreras detrás de las que se escondía y descubrir a la verdadera Belle Andersen. ¿Por qué sentía tanta curiosidad? No era más que su amante temporal y era probable que, en una semana, lo suyo se terminase para siempre. Frunció el ceño y se preguntó por qué la idea le gustaba tan poco.

–Por supuesto que quiero ver el resultado de tus largas horas de duro trabajo.

Belle solía estar ya en el taller antes de que él se marchase a trabajar por las mañanas y algunas noches tenía que obligarla a salir de él e insistir para que cenase. No era solo trabajadora, sino más bien obsesiva. ¿A quién le recordaba eso?

Volvió a pensar en Sadie, cuando ambos habían tenido dieciocho años y habían vivido en el mismo edificio de apartamentos en Nueva York. Por aquel entonces, él intentaba sobrevivir con la tienda de comestibles y Sadie estaba en la escuela de arte dramático, mucho antes de que le llegase la fama.

–No puedo seguir viéndote, Loukas. Tengo que pasar todo mi tiempo ensayando. Bailar es mi vida y algún día mi nombre aparecerá en las carteleras de Broadway.

Su mente retrocedió doce años. La escena tenía lugar en su lujoso ático de Manhattan. Sadie era ya la novia de Broadway y una estrella internacional, y llevaban un año juntos.

–No puedo tener un hijo, Loukas. Significaría el fin de mi carrera. Actuar es mi vida, no puedo tomarme varios meses libres y arriesgarme a perder la figura.

Él le había entregado su corazón a Sadie y esta se lo había roto. En esos momentos, tenía el corazón de granito y no iba a enamorarse otra vez. Su relación con Belle era otra aventura sin importancia.

Belle quitó la tela que cubría el vestido de Larissa.

—¿Qué te parece? —le preguntó con nerviosismo, al ver que habían pasado varios segundos y Loukas todavía no había dicho nada.

—Que fue una enorme injusticia que dudase de ti como diseñadora —le respondió él en voz baja—. El vestido es exquisito y Lissa me ha contado que está encantada con él. No me cabe la menor duda de que Wedding Belle va a tener un gran futuro.

Belle se ruborizó al oír aquello. Sobre todo, después de que John Townsend hubiese vaticinado todo lo contrario:

—Estás perdiendo el tiempo. No tienes nada de talento —le había dicho su padrastro.

Recordó dolida lo mucho que había disfrutado burlándose de sus sueños. Durante años, Belle se había preguntado por qué no la quería su padre y se había sentido responsable de ello. En esos momentos, sabía que no había sido culpa suya. Jamás sabría quién era su padre, pero tener su propia empresa le daba seguridad. Wedding Belle era para ella más que un negocio: era lo más importante de su vida.

Sonrió a Loukas.

—Espero que tengas razón. Estoy preparada para trabajar duro y para dedicar todo mi tiempo y energía a conseguir que Wedding Belle tenga éxito.

Una expresión curiosa cruzó el rostro de Loukas, pero desapareció antes de que a Belle le diese tiempo a hacerse preguntas.

–En ese caso, será mejor que aprovechemos al máximo el tiempo que te queda en Aura, antes de que te marches a conquistar el mundo de la moda –le dijo en tono sensual, sonriéndole y acariciándole el brazo desnudo–. ¿Te duelen otra vez los hombros?

Ella cerró los ojos y se relajó mientras Loukas le daba un masaje en la base del cuello.

–Umm... qué bien. Estoy un poco tensa.

Él rio y la apoyó contra su cuerpo.

–Yo también, mi preciosa Belle... y más que un poco.

–Sí... ya lo veo –respondió ella sin aliento.

Notó calor y humedad entre los muslos al sentir la erección de Loukas contra su trasero. El deseo corrió por sus venas. La ropa era una frustrante barrera y el corazón se le aceleró cuando Loukas le bajó los tirantes de la camiseta para poder acariciarle los pechos desnudos.

–Loukas, tengo que trabajar... –protestó.

Pero él ignoró la protesta y la hizo gemir apretándole los pezones con las puntas de los dedos.

Belle sintió cómo el placer bajada desde el estómago hasta su pelvis y no opuso resistencia cuando Loukas la giró hacia él.

–Necesitas esto –le aseguró–. Y yo también, Belle *mou*.

La besó apasionadamente, haciendo que se olvidase de todo y que solo fuese consciente del olor de su aftershave y del roce de su mandíbula contra su mejilla. ¿Cómo iba a negar el deseo que sentía por él cuando la consumía y hacía que le temblasen las piernas?

Loukas la tomó en brazos y ella apoyó la cabeza en su hombro mientras la llevaba al dormitorio. «Solo una semana más», pensó, deseando que no pasasen los días ni las horas.

La tumbó en la cama y Belle lo abrazó por el cuello para que se tumbase a su lado.

Loukas dejó escapar una carcajada mientras intentaba contener las ansias que sentía por aquella rubia frágil que se había convertido en una peligrosa adicción. Le encantaba verla impaciente, ver que no contenía la pasión, le encantaba oírla gritar de placer al quitarle la falda y la braguita y agacharse a besarla entre los muslos. Exploró su sexo lentamente con la lengua hasta que Belle arqueó las caderas, suplicándole en silencio que la llevase a aquel lugar mágico que era solo suyo.

Él supo que la echaría de menos. La idea le dio vueltas en la cabeza mientras se desnudaba sin apartar la vista de su cuerpo esbelto, iluminado por los rayos de sol que se filtraban a través de las persianas. Consideró un instante pedirle que se quedase un mes o dos con él, el tiempo necesario para cansarse de ella, cosa que terminaría ocurriendo antes o después, pero desechó la idea. Tendría que estar en Sudáfrica al menos un mes por motivos de trabajo y sabía que Belle estaba impaciente por volver a Londres, ya que tenía la esperanza de que aumentase su producción después de la boda de Larissa.

Así que tenía otra semana para disfrutarla, y pretendía hacerlo. Se puso un preservativo y se colocó encima de ella. Su sonrisa le provocó una sensación extraña en el corazón, pero cuando la penetró, Loukas dejó de pensar y solo fue consciente del placer que sentía teniendo sus músculos calientes y suaves alrededor de la erección. Se retiró y luego volvió a penetrarla otra vez, más deprisa, más profundamente, mientras su respiración entrecortada se fundía con los gemidos de ella y sus cuerpos se movían al mismo ritmo, para llegar a alcanzar juntos el éxtasis.

La boda fue de cuento de hadas. No era posible describirla de otra manera, pensaría Belle después. Larissa había estado impresionante con el vestido de novia y las damas de honor habían llevado unos preciosos vestidos de tafetán rosa claro, a juego con el ramo de la novia y con la flor que lucía en el ojal el novio.

Georgios había estado muy guapo, y un poco nervioso, pero la expresión de su rostro al sonreír a su futura esposa había hecho que Belle sintiese de repente un inexplicable anhelo. No era envidia, porque ella no quería casarse, pero sí deseaba ser amada como amaba Georgios a Larissa, y ser capaz de amar sin tener miedo a que le hiciesen daño o la rechazasen.

Impaciente, saltó de la cama, cerró la maleta y fue hasta la ventana. La luz del atardecer era tenue y dorada, y el limonero que había debajo hacía que subiese hasta allí el olor a limón. Se había enamorado de aquel lugar, pensó, suspirando: de la casa, de la isla... y de Loukas. El corazón se le aceleró. Por supuesto que no se había enamorado de Loukas, era solo que la idea de marcharse de Aura la ponía sentimental.

Él también iba a marcharse a Ciudad del Cabo. Su vuelo saldría de Atenas una hora después de que ella se hubiese montado en el avión que la llevaría a Londres. Solo faltaban unos minutos para que ambos volasen juntos en helicóptero a la capital de Grecia.

Belle volvió a pensar en la boda. Los invitados habían dado un grito ahogado al ver entrar a Larissa en la iglesia, aunque ella había tenido la vista clavada en Loukas, que acompañaba a su hermana hasta el altar. Había sido como un padre para Larissa y había asumido la responsabilidad de criarla después de la muerte de sus padres a pesar de su propia juventud.

La ceremonia había empezado y Belle se había dedicado a observar su duro perfil. Su expresión había sido indescriptible, pero ella había sentido que estaba haciendo un esfuerzo por controlar sus emociones. Sin pensarlo, le había agarrado la mano para intentar comunicarle con actos en vez de con palabras que lo entendía y que sabía cómo se sentía.

Él se había puesto tenso unos segundos, y Belle se había preparado para que la rechazase, pero entonces Loukas le había apretado la mano con fuerza y la había mirado. Sus ojos habían brillado un instante y ella le había sonreído. En respuesta, Loukas había vuelto a apretarle la mano y se la había tenido agarrada durante el resto de la ceremonia.

Belle se obligó a volver al presente, se miró el reloj y vio que había llegado la hora de marcharse. El resto del día había sido frenético, con cuatrocientos invitados asistiendo a la recepción que se había celebrado en los jardines de Villa Elena. Loukas había estado tan ocupado como anfitrión que casi no habían podido estar juntos. Y en esos momentos era demasiado tarde. Belle notó cómo la presión que sentía en el pecho aumentaba al bajar con la maleta al recibidor principal.

–Eh, iba a ir a ayudarte justo ahora –comentó Chip, vestido con un impecable uniforme de mayordomo–. El jefe te está esperando en la plataforma.

Tomó la maleta y bajó delante de ella las escaleras de la casa.

–Espero que vuelvas algún día de visita a Aura, Belle –continuó–. Tal vez Loukas sea muy reservado con sus pensamientos, y a veces es difícil llegar a conocerlo, pero es un tipo estupendo. Uno de los mejores. Y sé que se va a sentir muy solo cuando Larissa y tú os hayáis marchado.

–No creo que un guapo multimillonario esté solo mucho tiempo –respondió ella en tono frío. Sintiendo todavía más dolor al imaginárselo haciendo el amor con otra mujer–. Apuesto a que tendrá cientos de novias.

Chip se encogió de hombros, pero no lo negó.

–A ninguna la ha traído a Aura –comentó–. Salvo a ti.

Belle se sonrojó. Era normal que Chip estuviese al tanto de su aventura con Loukas. Debía de haberse dado cuenta de que, durante el último mes, no había dormido ni un solo día en su propia cama. Pero ¿qué importaba eso? Iba a marcharse y estaba segura de que Chip sabía tan bien como ella que no volvería a la isla. Las aventuras de Loukas nunca duraban mucho.

Lo vio al lado del helicóptero e intentó grabar aquella imagen en su mente para siempre. Se había quitado el traje que había llevado en la boda y se había puesto unos chinos de color beis y un polo negro, y parecía relajado. Estaba tan guapo que Belle se sintió como si una flecha le hubiese traspasado el corazón.

–¿Ya está todo?

Las gafas de sol le tapaban los ojos. Belle deseó quitárselas para poder verlos por última vez, aunque luego se dijo que tal vez fuese mejor así, porque si la miraba a los ojos, vería las lágrimas que estaba luchando por no derramar.

–Sí, estoy preparada para marcharme –consiguió contestarle casi con alegría–. Larissa y Georgios deben de estar ya de camino a las Maldivas. Qué lugar tan maravilloso para pasar una luna de miel.

Loukas la ayudó a subir al helicóptero y ella se mordió el labio al aspirar el olor de su colonia mezclado con el de su piel. Tenía que seguir hablando si no quería perder la compostura y rogarle que le permitiese quedarse con él.

–Me ha llamado Jenny, mi ayudante –comentó animadamente–. Dice que ya han aparecido fotografías del vestido de Larissa en Internet, y que hemos recibido muchas solicitudes por correo electrónico.

–Bien –respondió Loukas en tono cortante.

Tal y como había imaginado, Belle estaba deseando volver a Londres para ponerse a trabajar. Cuando la había visto acercarse a la plataforma de despegue, vestida con el mismo traje con el que había llegado a Kea, había vuelto a sentirse tentado a pedirle que lo acompañase a Sudáfrica. En esos momentos se alegraba de haber dudado. Habría sido violento para ambos. Seguro que no tardaba en olvidarse de ella, lo haría en cuanto se pusiese a trabajar en su nuevo proyecto en Ciudad del Cabo.

Cuando el helicóptero los dejó en el aeropuerto y se acercaron al mostrador de facturación, el número de vuelo de Belle ya estaba reflejado en la pantalla y era hora de embarcar. Loukas había estado encerrado en sí mismo desde que habían salido de Aura y, a juzgar por las llamadas de teléfono que había hecho, debía de estar ya centrado en sus negocios.

—Bueno... —dijo ella, sonriendo de oreja a oreja y con su orgullo impidiéndole derramar ni una lágrima—. Supongo que ha llegado el momento de despedirse.

¿Qué otra cosa podía decirle? Habían sido amantes durante el último mes y, probablemente, aquella fuese la última vez que se viesen. Iba a echarlo mucho de menos.

—Si pasas alguna vez por el sudoeste de Londres y ves una casa flotante llamada *Saucy Sue*, sube a saludar.

—¿Así se llama tu barco? —preguntó él.

—Le puso el nombre mi hermano —respondió ella, dolida al darse cuenta de que a Loukas le daba igual que no fuesen a volverse a ver—. Adiós, Loukas.

—¿No pensarás que voy a dejarte marchar tan fácilmente, no? –le dijo él dedicándole una sensual sonrisa.

Belle se puso a temblar al ver que le ponía la mano debajo de la barbilla y le levantaba el rostro para que lo mirase. El roce de sus labios la transportó instantáneamente al cielo y separó los labios para que Loukas profundizase el beso, pero él levantó la cabeza. Belle se sintió tan decepcionada que, por un momento, no pudo respirar.

Él le soltó la barbilla y retrocedió. La miró y recordó los buenos momentos que habían pasado juntos. Habían compartido una pasión electrizante, pero habían tenido mucho más que eso. Había disfrutado estando con ella, llevándola en la moto, bañándose en el mar, y habían pasado horas y horas hablando.

No había esperado que el adiós fuese tan duro, pero no tenía alternativa. La vida de Belle estaba en Inglaterra, donde tenía su negocio y, la de él, en Grecia. Una aventura a distancia no tenía sentido y él no quería una relación. Apretó la mandíbula y se obligó a darse la vuelta.

–*Antio*, Belle. Y buena suerte con Wedding Belle.

Y entonces se marchó, andando entre la multitud con su gracia natural, destacando por la altura entre la mayoría. Belle lo vio alejarse, deseó que se girase y le dijese adiós por última vez, pero no lo hizo.

Ella se quedó allí un rato después de que Loukas hubiese desaparecido de su vista. Siempre había sabido que lo suyo era temporal. Y era lo mejor. No podría centrarse en su trabajo si tenía una relación con Loukas. Cuando estaba en su compañía, solo podía pensar en él, y si quería perseguir su sueño de ser una gran diseñadora, no podía permitir que nadie la distrajese.

Tres semanas más tarde, Belle miraba aturdida a su médico de cabecera.

—No puedo estar embarazada —le dijo con voz temblorosa.

—Según la prueba, debiste de concebir hace más o menos ocho semanas —le contestó el doctor—. ¿Recuerdas haber tenido sexo sin protección por entonces?

—Solo una vez —admitió ella, a pesar de saber que era suficiente—, pero tuve el periodo después.

Recordó lo aliviada que se había sentido. Era cierto que le había durado menos de lo normal, pero no le había extrañado, se había quedado tranquila al ver que la irresponsabilidad que había cometido con Loukas no había tenido consecuencias.

Había ido al médico porque su hermano había insistido al verla siempre cansada desde que había vuelto de Grecia. Belle no había pensado que le pasase nada. Era normal que estuviese cansada, con todo lo que estaba trabajando.

—Algunas mujeres sangran durante los primeros meses del embarazo —le explicó el médico—, pero no es un periodo como tal y suele acabarse cuando el embarazo avanza. Y no todas las mujeres ovulan a la mitad del ciclo. Algunas lo hacen antes y otras, como debe de haber sido tu caso, después.

–Se lo tienes que decir a Christakis –le dijo su hermano cuando le contó la noticia–. Es el padre del bebé y tiene la obligación de ayudarte, al menos, económicamente. Además, se lo puede permitir. Tú no puedes criar al niño sola. ¿Cómo vas a trabajar teniendo que ocuparte de él? ¿Y dónde vas a vivir? Me temo que la casa flotante no sobrevivirá otro invierno. Y, en cualquier caso, no es lugar para un bebé.

–No me estás contando nada que no me haya dicho yo ya al menos cien veces –replicó Belle, abrazándose como para protegerse de aquella pesadilla.

Seguía sin creérselo. Estaba esperando un hijo de Loukas. Era una locura, pero tal y como le había confirmado su médico, era real.

–No sé qué hacer –admitió con voz temblorosa.

No tenía ni idea de cómo reaccionaría Loukas cuando le diese la noticia. Parecía haberse sentido aliviado cuando le había informado de que tenía el periodo, así que seguro que se sorprendía tanto como ella.

–No tienes por qué seguir adelante, Belle –le dijo Dan con cautela, evitando su mirada–. Yo te apoyaré tomes la decisión que tomes.

A ella se le hizo un nudo en la garganta. La lealtad de su hermano le importaba mucho, pero tenía que enfrentarse a la realidad. Estaba esperando un bebé. Una vida nueva estaba creciendo en su interior y dependía completamente de ella para sobrevivir.

–Si mamá hubiese terminado con su embarazo no planeado hace veinticinco años, yo no estaría aquí –le contestó–. No puedo hacer pagar al bebé mi error.

—También es el error de Christakis —le recordó Dan.

—¿Y si se lo cuento y acepta la responsabilidad, pero odia al niño, como John me odió a mí? —inquirió Belle.

—Esto es distinto. John no es tu padre biológico y tu presencia le recordaba que mamá le había sido infiel. No fue culpa tuya, pero él lo pagaba contigo —murmuró Dan—, pero tú sí estás embarazada de Christakis.

Ella se preguntó cómo iba a ocultar la existencia del niño a su padre. Ella no sabía quién era su padre y siempre tendría un vacío. ¿Cómo iba a hacerle lo mismo a su bebé?

—Tengo que marcharme —le dijo Dan, interrumpiendo sus pensamientos—. Estaré fuera un par de días.

Se colgó la mochila a los hombros y salió del barco. Luego, se giró a mirarla e insistió:

—Tienes que decírselo a Christakis.

—Lo sé —respondió Belle, sabiendo que su hermano tenía razón.

Por el bien del bebé, tenía la obligación de contarle a Loukas que iba a tener un hijo suyo.

Pero encontrar el valor necesario para informar a Loukas de su embarazo era otra cosa. En varias ocasiones había marcado su número de teléfono móvil, pero no había llegado a realizar la llamada. Sabía que seguía en Sudáfrica, así que decidió esperar a hacerse la primera ecografía para contárselo, de ese modo ya sabría la fecha prevista de parto.

El día que tenía cita en el hospital, tuvo que pelearse para cerrar la cremallera de un vestido que le había quedado perfecto solo unas semanas antes. Le quedaba ajustado en la zona del busto y de las caderas y al mirarse de perfil en el espejo vio que su estómago plano había empezado a redondearse. ¿No era demasiado pronto para que se le notase el embarazo? De repente, sintió pánico y los ojos se le llenaron de lágrimas. No quería que su vida cambiase de manera irrevocable y, sobre todo, no quería sacrificar su sueño de tener éxito con Wedding Belle.

Oyó pasos en el muelle y supo que Dan había llegado de su viaje. Se limpió las lágrimas, se puso un pendiente y juró entre dientes cuando el otro se le cayó debajo de la mesa.

–Supongo que la descripción que un agente inmobiliario haría de una casa flotante sería «acogedora y compacta».

Belle estaba agachada cuando oyó aquella voz que conocía muy bien, pero que no pertenecía a su hermano. Levantó la cabeza y se dio un golpe contra la mesa.

–¡*Theos*! Ten cuidado. ¿Qué estás haciendo ahí abajo?

Unas manos fuertes la agarraron y la levantaron con cuidado.

Belle observó con incredulidad el bello rostro de Loukas y se mareó de tal manera que tuvo que aferrarse a la mesa.

–¿Qué... qué estás haciendo aquí? –preguntó en un susurro–. ¿Te ha llamado Dan?

Loukas frunció el ceño.

–¿Por qué iba a llamarme tu hermano?

–No... no sé –respondió ella, poniéndose las manos en las sienes–. No puedo pensar con claridad. Me sorprende tanto verte. ¿Por qué has venido, Loukas?

Capítulo 8

AQUELLA era una pregunta que él mismo se había hecho muchas veces. ¿Por qué había terminado con el proyecto de Sudáfrica a una velocidad récord, aunque eso hubiese significado trabajar dieciocho horas diarias? ¿Y por qué había ido directo a Londres en vez de volver a Atenas?

Hasta hacía unos segundos, no había tenido respuesta, y en esos momentos todavía no terminaba de entender qué quería de su relación con Belle, pero una cosa le había quedado clara nada más verla: la deseaba. Su deseo por ella no había menguado durante las semanas que habían estado separados y por fin había aceptado que su mal humor durante la estancia en Ciudad del Cabo se había debido a que la echaba de menos.

Aquella rubia menuda y guapa le había calado muy hondo. En persona todavía le gustaba más que en sus fantasías, y tenía más curvas, pensó mientras posaba los ojos en sus pechos. Aunque era evidente que estaba muy sorprendida con su visita, y la cautela de su mirada hizo que Loukas se resistiese a abrazarla y darle un beso.

–He venido a Londres por negocios –mintió–, y

he decidido darme un paseo por el río. Solo por curiosidad, ¿por qué vives en una casa flotante?

–Tanto Dan como yo necesitábamos vivir en Londres por trabajo, y esto es más barato que alquilar un piso –le explicó Belle, distraída.

Se le estaba pasando el desconcierto, pero le estaban empezando a zumbar los oídos. Había creído que jamás volvería a verlo, pero Loukas estaba allí, tan guapo como siempre, con un traje gris y una camisa azul clara, abierta en el cuello. Le bastó mirarlo para volver a sentirse hechizada. La seducía con tan solo una sonrisa, y Belle clavó los ojos en sus labios y se olvidó de todo lo demás, solo podía pensar en que la besara.

–¿Belle...?

Loukas frunció el ceño y sus ojos brillaron como los de un depredador ante su presa. Le apartó un mechón de pelo de la cara y le acarició la mejilla, y Belle se puso a temblar y notó que le costaba respirar. Instintivamente, separó los labios al verle agachar la cabeza.

–Belle... ¿estás en casa? He vuelto...

La voz de su hermano la hizo entrar en razón y apartarse de Loukas. Dan bajó las escaleras y clavó la mirada en el hombre que estaba al lado de su hermana.

–Debes de ser Christakis –le dijo con voz tensa–. Supongo que tengo que reconocerte el mérito de haber venido en cuanto mi hermana te ha contado lo del bebé.

Después se hizo un silencio cargado de tensión.

Loukas notó cómo se tensaban todos los músculos y no podía ni respirar ni hablar. Muy despacio, giró la cabeza para apartar la vista del hombre de pelo largo desaliñado que lo estaba mirando agresivamente y posarla en Belle, que tenía los ojos desorbitados.

–¡*Thee mou*! ¿Qué bebé? –preguntó con voz ronca.

–¡Vaya!

Loukas volvió a mirar al intruso.

–¿Y tú quién eres?

Belle le había contado que vivía con su hermano, pero no se parecía en nada a aquel hombre. Loukas se sintió furioso al pensar que podía ser su amante.

–Es mi hermano –le dijo ella con voz temblorosa. Luego miró a Dan–. ¿Podrías dejarnos solos unos minutos?

Dan dudó.

–¿Estás segura?

–Sí. Tengo que hablar con Loukas.

En cuanto Dan se hubo marchado, Loukas la fulminó con la mirada, haciéndola estremecerse.

–Iba a contártelo –empezó Belle–. Iba... a llamarte por teléfono, pero estabas en Sudáfrica.

–¿Estás embarazada? –preguntó él sorprendido–. ¿Cómo es posible, si me dijiste que tenías el periodo? ¿Por qué me mentiste? ¿No querías que supiese que ibas a tener un hijo mío?

Loukas sintió que revivía una pesadilla. Tres años antes, Sadie le había ocultado su embarazo, y solo se había enterado cuando se había desmayado en el escenario durante una actuación y habían tenido que llevarla al hospital.

–No te lo he contado porque no quiero tener el bebé –le había dicho Sadie.

¿Le ocurriría lo mismo a Belle?

–No te he mentido –se defendió esta–. Di por hecho que tenía el periodo, pero resulta que no fue así...

Dejó de hablar al ver la expresión irónica de Loukas. Belle había sabido que se enfadaría, pero no podía evitar que le doliese. Ambos habían tenido la culpa al no utilizar protección aquella noche, pero era evidente que Loukas la estaba culpando a ella.

–Tengo que irme –murmuró, al ver la hora que era–. Tengo consulta en el hospital esta mañana. Si quieres, hablaremos cuando vuelva.

Loukas no pudo evitar recordar la traición de Sadie. Se acordó también de la expresión de horror en el rostro de Belle cuando le había dicho, después de haber hecho el amor por primera vez, que podía estar embarazada. Había dejado claro que no quería tener un hijo que se interpusiese en su trabajo.

–¿A qué vas al hospital? –le preguntó.

–Van a hacerme una ecografía –respondió Belle, mordiéndose el labio–. La verdad es que estoy nerviosa. Todavía no me he hecho a la idea de que voy a tener un bebé, y no sé cómo voy a sentirme cuando mi vida cambie para siempre.

Loukas tuvo que admitir que aquella sinceridad era una de las cosas que admiraba de ella. Sadie había actuado a sus espaldas y había abortado sin decírselo. No le había dado la oportunidad de demostrarle que la apoyaría.

En esos momentos, Belle esperaba un hijo suyo.

Una multitud de emociones distintas se apoderaron de él. Tenía otra oportunidad de ser padre. *Theos*, su incredulidad se estaba convirtiendo en emoción y alegría. No le cabía la menor duda de que quería tener aquel hijo, pero ¿y Belle? Era evidente que estaba asustada y tenía miedo del futuro.

Loukas expiró y se acercó más a ella.

–Las vidas de ambos van a cambiar –le dijo en voz baja–. Estamos en esto juntos, Belle. Tal vez no planeásemos tener un hijo, pero estás embarazada y voy a estar a tu lado en cada paso del camino.

Tumbada en la estrecha camilla con el vientre al descubierto, Belle se alegró de que Loukas estuviese allí. Era la primera vez que estaba en un hospital, al menos, como paciente.

Intentó no acordarse de los momentos de espera después del accidente de tráfico de su madre, ni de cuando había visto aparecer al médico, que le había agarrado las manos para darle la noticia de que Gudrun había fallecido. El olor a desinfectante era un doloroso recordatorio de aquel trágico día. De repente, sintió claustrofobia y pánico en aquella pequeña y oscura habitación donde iban a hacerle la ecografía, pero, como si hubiese sentido su tensión, Loukas le tomó la mano y le apretó los dedos con cuidado.

–Intenta relajarte –la tranquilizó.

Y a Belle se le llenaron los ojos de lágrimas sin saber por qué. Deseó ser como las otras parejas con las que habían estado en la sala de espera, enamoradas y emocionadas con la idea de tener su primer hijo. Loukas le había prometido apoyarla durante el embarazo, pero la cruda realidad era que su aventura se había terminado varias semanas antes y que aquel bebé no había sido esperado.

El médico ya había extendido el gel en el vientre de Belle y estaba moviendo el sensor por él.

–Aquí está –anunció–. Este es su bebé. ¿Ven cómo le late el corazón?

Belle solo veía un borrón. Era difícil creer que aquello era una nueva vida, su hijo.

–Entonces, ¿es real? –preguntó en un susurro, sin darse cuenta.

Tenía miedo. No estaba preparada para tener un bebé. No sabía cómo se las iba a arreglar con él.

Miró a Loukas y deseó que siguiese agarrándole la mano, pero este estaba inclinado hacia delante, con la vista clavada en la pantalla. Su expresión era indescifrable. ¿Estaba enfadado por estar en aquella situación? Era un hombre acostumbrado a controlarlo todo. ¿Le molestaría no poder controlar su destino?

El médico sonrió.

–No se preocupe. Muchas mujeres se quedan sorprendidas al ver la primera prueba de su embarazo. La ecografía lo hace más real –le dijo–. Y tengo que comunicarles otra cosa que, probablemente, la sorprenderá todavía más.

–¿Le ocurre algo al bebé? –preguntó Loukas preocupado, apartando la vista de la pantalla e intentando controlar sus emociones.

–Todo parece ir bien –respondió el médico–, pero hay dos embriones. Está embarazada de mellizos.

Aquello no podía estar ocurriendo. Belle miró a su alrededor mientras se volvía a vestir y se preguntó si se estaría volviendo loca. No sabía qué había dicho el médico después de la palabra «mellizos», aunque recordaba algo acerca de que los bebés no serían idénticos.

–Los mellizos crecen en dos óvulos separados, fertilizados por dos espermatozoides distintos. Pueden ser del mismo sexo, o niño y niña, aunque esto solo puede saberse haciendo otra ecografía, alrededor de la semana veinte del embarazo.

¿Qué más daba que fuesen niños o niñas?, se preguntó Belle con tristeza. En lo único en lo que podía pensar era en que, en menos de ocho meses tendría que ocuparse de dos bebés. Eso significaba el doble de biberones y de pañales, y el doble de gastos. ¿Cómo iba a criar a dos hijos? ¿Y de dónde iba a sacar el tiempo para seguir trabajando? Iba a ser imposible. Los ojos se le llenaron de lágrimas. Su futuro era aterrador y nunca se había sentido tan sola.

En la sala de espera, Loukas estaba demasiado nervioso para sentarse en las incómodas sillas de plástico, así que fue hasta la ventana, que daba al aparcamiento. Mellizos... Todavía no lo había asumido. Belle estaba embarazada de dos bebés, suyos. Se sintió orgulloso, pero también tuvo miedo. Después de Sadie, siempre había pensado que no volvería a confiar en otra mujer lo suficiente como para querer tener un hijo, pero el destino le había dado otra oportunidad de ser padre.

Pensó en sus padres y deseó, como había hecho en muchas otras ocasiones a lo largo de los años, que siguiesen vivos. Se habrían emocionado mucho al enterarse de que iban a ser abuelos de mellizos. Su paciente padre habría sido un maravilloso *pappous*.

Le dolió la garganta al tragar saliva. Quería ser tan buen padre como lo había sido el suyo. A pesar de la inmensa fortuna que había hecho, en el fondo seguía siendo el hijo de un pescador griego y, como para su padre, la familia era más importante que el dinero. Quería crear su propia familia, su propia dinastía en Aura, pensó sonriendo.

Pero ¿qué querría Belle? Se le encogió el corazón al recordar el momento en que el médico les había anunciado que eran mellizos. La había visto destrozada. ¿Decidiría que no quería seguir adelante con el embarazo?

Sintió miedo, un pánico desconocido hasta entonces, y, sobre todo, la abrumadora necesidad de proteger a su hijo. Tenía que convencer a Belle de que aquel embarazo no sería el desastre que ella pensaba, y asegurarle que la apoyaría económicamente y en todos los demás aspectos.

Tenía que convencerla de que la cuidaría a ella y cuidaría de los bebés, se dijo mientras sacaba el teléfono y empezaba a hacer llamadas. Uno de los beneficios de ser multimillonario era que todo el mundo estaba dispuesto a ayudarlo por dinero.

–Pensé que íbamos a ir a comer –comentó Belle aturdida.

Eso era lo que le había dicho Loukas al salir del hospital. Habían atravesado la ciudad en coche en silencio, ambos sumidos en sus pensamientos y habían aparcado en los muelles de Santa Catalina, pero ya habían pasado por delante de dos restaurantes y no habían entrado en ninguno.

–Ya hemos llegado –le dijo él, deteniéndose delante de un enorme yate y tendiéndole la mano para ayudarla a subir a bordo–. Es de un amigo mío y nos lo va a dejar para comer, para que podamos tener algo de intimidad. Tenemos muchas cosas de las que hablar.

–Supongo que sí –admitió Belle dubitativa.

No tenía ni idea de hasta dónde querría comprometerse Loukas con sus hijos. Le había dicho que la apoyaría, pero eso había sido antes de que se enterasen de que iban a tener mellizos.

Lo siguió escaleras abajo y miró a su alrededor, cada vez más aturdida. Loukas había aparecido de repente, y luego en el hospital le habían dado la noticia de los mellizos.

–No puede ser verdad –murmuró.

No se dio cuenta de que Loukas la había oído y se había puesto tenso. Al menos, ya sabía por qué estaba siempre tan cansada. Dos nuevas vidas estaban creciendo en su interior y el proceso la estaba dejando sin energías.

–La tripulación nos servirá la comida en unos minutos. ¿Quieres algo de beber mientras tanto? ¿Una taza de té?

Belle negó con la cabeza.

–El té es una de las cosas que me dan náuseas. Llevo semanas sin poder beberlo –admitió–. Lo cierto era que tenía síntomas del embarazo, pero no fui capaz de verlos.

Loukas fue hacia la nevera y se sirvió un whisky.

–¿De verdad no lo sabías ya en Aura?

–No, no tenía ni idea. Ya te dije que pensé que había tenido el periodo. Cuando el médico me lo dijo me pilló completamente por sorpresa, aunque todavía me ha sorprendido más saber que son gemelos.

Se sentó en un sofá suave y cómodo, apoyó la cabeza en los cojines y cerró los ojos unos minutos. Siempre se sentía cansada a esa hora del día.

Loukas la miró, pensativo. Detuvo la vista en la suave curva de su vientre y se le hizo un nudo en el estómago al pensar en las dos vidas que había dentro. Sabía que no estaba pensando de manera racional, que sus actos eran instintivos y nacidos de la urgencia de llevarse a Belle a un lugar donde tanto ella como los bebés estuviesen a salvo. Ella lo acusaría después de no haber jugado limpio, pero en ese momento se había quedado dormida y, con un poco de suerte, cuando despertase, el yate estaría ya muy lejos de los muelles.

Después de despertarse, Belle estuvo unos segundos desorientada. Luego recordó que Loukas la había llevado a comer al barco de su amigo. Debía de haberse quedado dormida. Miró a su alrededor, estaba en una lujosa cabina. Loukas debía de haberla llevado allí, le había quitado los zapatos y la había tumbado en la cama, y todo sin que ella se despertase. Se miró el reloj y vio sorprendida que había dormido varias horas.

Miró por el ojo de buey y vio agua, giró la cabeza para mirar por el que había al otro lado y vio más agua. Confundida, bajó de la cama y se dio cuenta de que el barco se estaba moviendo. Tenía el vestido arrugado y al mirarse en el espejo se dio cuenta de que estaba despeinada. No veía los zapatos por ninguna parte, así que abrió la puerta de la cabina y fue rápidamente hacia el salón.

–Ah, ya estás despierta –comentó Loukas, que estaba sentado en uno de los sofás.

Dejó el ordenador portátil a un lado y se levantó al verla. A Belle se le aceleró el corazón cuando se acercó a ella y recordó varios fragmentos del sueño que acababa de tener, un sueño erótico en el que Loukas y ella, desnudos en una cama, hacían el amor. Se sonrojó. ¿Cómo podía pensar en esas cosas en un momento como aquel?

–Has dormido mucho rato. ¿Tienes hambre?

–No –respondió ella, aunque su estómago protestó, contradiciéndola–. Loukas, ¿qué está pasando? ¿Por qué no está el barco amarrado? ¿Dónde estamos?

–No puedo darte la localización exacta, pero estamos yendo en dirección a España, de camino a Grecia –le contestó él con toda naturalidad–. Llegaremos a Aura dentro de dos días. El viaje es más largo que en avión, lo sé, pero también más relajante. Y así tendremos la oportunidad de hablar del futuro.

Belle se puso furiosa al oír aquello.

–¿No se te ha ocurrido preguntarme antes? –inquirió–. Podíamos hablar en Londres. No quiero ir a Aura.

Él sonrió, pero su mirada era dura y su tono implacable hizo que Belle sintiese un escalofrío.

–Me temo que no tienes elección.

–No seas ridículo. No puedes secuestrarme –le advirtió–. Mi hermano estará esperándome. Debe de estar muy preocupado.

–Dan sabe dónde estás –le contó Loukas, sentándose de nuevo en el sofá–. Te ha llamado al teléfono móvil cuando estabas dormida y he hablado con él. Le he asegurado que tengo la intención de asumir mi responsabilidad con respecto a los niños. Le ha sorprendido que estés esperando mellizos, y ha estado de acuerdo conmigo en que lo mejor será que vivas en Villa Elena, y no en una casa flotante, sobre todo, cuando el embarazo vaya progresando.

–No te creo –replicó ella–. Dan no puede haber dicho eso. Sabe que tengo que estar en Londres para trabajar.

Como respuesta, Loukas señaló una maleta que había al otro lado del salón.

–Ha traído parte de tu ropa y otras cosas, como tu pasaporte. Y una empresa de mensajería va a recoger el resto de la casa flotante.

Belle se dejó caer pesadamente en el sofá. ¿Cuántas sorpresas más iba a aguantar? Loukas parecía pensar que podía hacerse cargo de su vida.

–¿Y por qué ha hecho Dan eso? –preguntó.

Había pensado que Dan era su aliado.

–Porque quiere lo mejor para ti.

–Llevarme a Grecia en contra de mi voluntad no es lo mejor para mí –espetó–. Insisto en que regresemos a Londres.

–¿Y dónde piensas vivir? La casa flotante, con mellizos, es impensable –le dijo Loukas muy serio.

–Tengo pensado alquilar un piso –le dijo ella, sabiendo que Londres era una ciudad demasiado cara para alquilar una casa con jardín. Suspiró–. No sé todavía lo que voy a hacer. Ni siquiera me había hecho a la idea de tener un bebé, así que dos... No sé cómo me las voy a arreglar.

Parecía tan frágil. Loukas sintió una sensación extraña en el pecho, como si le estuviesen exprimiendo el corazón. Quería esos niños más que nada en su vida, quería ser su padre y quererlos y protegerlos como su padre había hecho con él. Miró a Belle y quiso protegerla a ella también. Le sorprendió desear que no estuviese preocupada y que volviese a sonreír como había hecho durante las mágicas semanas que habían pasado juntos en Aura.

–¿Cómo te hace sentir el embarazo, Belle? –le preguntó en voz baja.

–Sorprendida, incrédula, asustada. No puedo creer que esté ocurriendo...

–¿Me estás diciendo que no quieres tener los bebés?

Ella miró a Loukas y se preguntó si los niños se parecerían a él. Se los imaginó morenos y con los ojos grises y, en ese momento, las dos pequeñas vidas que estaban creciendo en su interior se hicieron reales. El embarazo no era un concepto abstracto, iba a ser madre.

–Por supuesto que los quiero –contestó–. No había pensado tener hijos en este momento de m vida, pero querré a mis hijos.

Tragó saliva cuando una imagen de su madre le inundó la mente. Había deseado que esta le hubiese contado la verdad acerca de su padre, pero no dudaba de que la había querido mucho. El vínculo entre madre e hija había sido especial. En esos momentos, ella iba a ser madre, y les daría a sus hijos el mismo amor incondicional que había recibido de Gudrun.

–Sé que no será fácil, pero haré todo lo que esté en mi mano para ser una buena madre.

Loukas notó que le estaba pasando algo raro, como si su corazón se estuviese liberando de repente. Belle no era como Sadie. Se acercó a ella y se sentó a su lado en el sofá, decidido.

–Me alegro de que compartamos el mismo deseo de ser padres de nuestros hijos.

Sabía lo que tenía que hacer y aceptó que no podía seguir evitando el compromiso.

–Solo hay una opción –continuó, mirándola a los ojos–. Quiero que te cases conmigo.

Capítulo 9

BELLE miró a Loukas con incredulidad. De todas las sorpresas que se había llevado, aquella era la mayor.

–No puedes estar hablando en serio –le dijo con el corazón acelerado–. No hace falta que tomemos una decisión tan extrema, podemos ser padres sin casarnos.

–¿De verdad piensas que eso sería lo mejor para nuestros hijos, Belle? Pretendo ser un padre de verdad, a tiempo completo.

–Pero un matrimonio sin amor tampoco sería el mejor ambiente para ellos –argumentó Belle–. Y lo sé por experiencia. Vi a mi madre ser infeliz con mi padrastro durante toda mi infancia.

Loukas frunció el ceño. Era la primera vez que Belle le hablaba de su niñez y le sorprendió que lo hiciese con tanta amargura.

–No quiero casarme contigo.

–¿Preferirías que nos peleásemos por los niños? –le preguntó él–. ¿Y si en un futuro nos casamos con otras parejas? Tengo que admitir que no soportaría que a mis hijos los criase un padrastro que no los quisiese tanto como voy a quererlos yo, que podría incluyo llegar a odiarlos.

Como John la había odiado a ella, pensó Belle, palideciendo.

–Eso no ocurrirá. No tengo planeado casarme. Valoro demasiado mi independencia.

–En ese caso, mantenla, pero pagando un precio, porque voy a tener a mis hijos, ya sea a través del matrimonio o de un juez.

Belle dio un grito ahogado.

–¿Estás diciéndome que pedirías la custodia de los mellizos?

–Espero no tener que llegar a eso, que entres en razón y pongas en un segundo lugar lo que queremos para pensar en lo que los niños necesitan más: unos padres comprometidos a criarlos en una unidad familiar estable.

Lo peor de todo era que ella también pensaba que aquello sería lo mejor para los niños.

–Necesito tomar un poco el aire –murmuró, poniéndose en pie y notando que le temblaban las piernas.

–No quiero que subas a cubierta. Llevas horas sin comer y parece que vas a desmayarte –le dijo Loukas, agarrándola del brazo para que no subiese las escaleras.

–¡Déjame en paz! –le gritó Belle–. Siempre tienes que controlarlo todo, ¿verdad? Todo tiene que ser cómo tú quieres.

–¡*Gamoto*! Solo intento cuidarte.

–No necesito que me cuiden –le dijo ella zafándose.

–Eres una testaruda –comentó Loukas, levantando la mano para pasársela por el pelo.

Al ver aquel gesto, Belle retrocedió, como si tuviese miedo de él.

–¿Belle? ¡*Thee mou*! ¿Has pensado que iba a pegarte?

La miró fijamente y vio miedo en sus ojos.

–Jamás he pegado a una mujer. ¿Acaso te han pegado alguna vez? ¿Quién...?

–No importa –lo interrumpió Belle, que no quería hablar del tema.

Había recuerdos de su niñez que prefería mantener enterrados.

Loukas deseó abrazarla y asegurarle que jamás le haría daño, pero no lo hizo porque supo que Belle lo rechazaría.

–Mira... será mejor que comas algo –le dijo en tono amable, para que no lo interpretase como una orden–. Debes de estar muerta de hambre. Los bebés necesitan estar alimentados.

Belle pensó que solo le preocupaban los niños, no ella, pero tenía razón. Tenía hambre. Se acercó a la mesa que había al otro lado del salón, donde ya estaba Loukas, y se sentó en la silla que este le ofrecía. Casi inmediatamente apareció una camarera para servirles el primer plato, gazpacho.

–Dan me ha hablado de su trabajo como fotógrafo de moda –murmuró Loukas cuando la camarera hubo servido el segundo plato, pollo al horno–. Es un tipo interesante. Tengo la impresión de que estáis muy unidos.

Ella supo que estaba intentando hablar de algo que no fuese el embarazo y se lo agradeció.

–Sí –respondió con firmeza. Dan era la única familia que tenía–. Aunque en realidad le apasiona fotografiar la naturaleza. Todos los veranos vamos a algún lugar remoto, donde pasamos horas esperando para poder captar la imagen de algún pájaro o sapo raro.

Dejó de sonreír al pensar que no volvería a acompañarlo.

Un rato después, mientras tomaban el postre, Belle se dijo que casi se le había olvidado lo encantador y carismático que era Loukas. Había conseguido que estuviesen toda la comida charlando de cosas sin importancia y le había contado que Larissa y Georgios habían vuelto de la luna de miel y se habían instalado en su nueva casa de Atenas.

–¿Qué te parece si subimos a cubierta ahora? –le preguntó él sonriendo.

Y Belle tuvo que recordarse a sí misma que la había amenazado con luchar por la custodia de sus hijos, así que no debía fiarse.

Lo siguió escaleras arriba y respiró hondo al salir a cubierta. El sol de la tarde era cálido y la brisa le apartó el pelo de la cara cuando se apoyó en la barandilla que había en la popa. Loukas se acercó a ella y Belle aspiró el olor de su aftershave. No quería mirarlo, pero no pudo evitarlo.

–No será un matrimonio sin amor –le dijo él en voz baja.

Y a Belle se le detuvo el corazón un instante, hasta que Loukas añadió:

–Querremos a nuestros hijos. ¿No te parece suficiente motivo para comprometernos?

–¿Quieres comprometerte, Loukas? –inquirió ella–. La prensa dice de ti que eres un playboy.

Él se encogió de hombros.

–Mi dinero me ha convertido en blanco de los paparazzi, pero la mayoría de las historias que cuentan de mí son falsas o exageradas. Admito que no he sido nunca un santo, pero cumpliré los votos del matrimonio.

Antes de que Belle se diese cuenta, Loukas le había puesto la mano alrededor de la cintura y la estaba abrazando.

–En realidad, no será un sacrificio –añadió, mirándola con deseo–. Te deseé nada más verte, Belle, y tú también sentiste la química que había entre nosotros. Es evidente que, físicamente, somos compatibles.

A Belle su cerebro le dijo que lo apartase, que fuese fuerte y luchase por su independencia, pero su cuerpo la traicionó. Se quedó atrapada en el calor de sus ojos grises y lo vio inclinar la cabeza y no se movió.

Parecía que había pasado una eternidad desde que habían sido amantes en Aura y lo había echado mucho de menos. Separó los labios y permitió que Loukas la besase y que profundizase el beso. No obstante, intentó no responder. La había secuestrado y la había amenazado con pedir la custodia de los niños. Tenía que odiarlo. Aunque el objetivo de Loukas había sido ser el padre de sus hijos. ¿Cómo iba ella a negarles lo que tanto había deseado tener de niña: un padre que la quisiera?

Como si le hubiese leído el pensamiento, Loukas rompió el beso y la miró a los ojos.

–¿Te casarás conmigo, Belle? ¿Permitirás que te proteja a ti y a tus hijos?

Aquellas palabras le llegaron al alma. Estaba segura de que Loukas querría a sus hijos y, aunque no la amase a ella, se comprometería.

–Sí –respondió con voz temblorosa.

Loukas la abrazó con fuerza. Belle sabía que solo le importaban los bebés, pero se sintió bien entre sus brazos, notando cómo le acariciaba el pelo.

Él se relajó un poco y se sintió aliviado por primera vez desde que se había enterado de que Belle estaba embarazada.

La abrazó con fuerza y notó la presión de sus pechos contra el de él, la suavidad de su pelo... y sintió deseo. Se casaría con ella por los niños, pero tenerla como esposa no sería ningún sacrificio.

Belle miró a Loukas, que estaba sentado al otro lado de la mesa del desayuno.

–Necesito volver a Londres –le dijo con frustración–. No puedo dirigir Wedding Belle desde aquí. Llevamos dos semanas en Aura y aunque Jenny está haciendo todo lo que puede, voy a perder el negocio si no vuelvo al trabajo. Accediste a que continuase dirigiendo mi empresa –le recordó.

–Y tú accediste a que Jenny se ocupase de Wedding Belle hasta la boda –respondió Loukas frunciendo el ceño–. Estabas agotada. Necesitabas descansar un par de semanas.

–Ya me encuentro bien –le aseguró Belle–. Y tengo que buscar un local nuevo para el estudio.

–¿Por qué no consideras otras opciones? No necesitas trabajar. Soy un hombre rico y puedo daros tanto a ti como a los niños una vida llena de lujos.

–¿Me estás pidiendo que abandone mi negocio?

–No es necesario, pero es evidente que tendrás que trabajar menos hasta que nazcan los mellizos.

Loukas se levantó de la mesa.

–Tengo que marcharme. Deja de preocuparte, no es bueno para los bebés. Tienes que relajarte. Lee un libro o algo así.

Pero después de varias semanas en Aura, lo que Belle necesitaba era retomar su vida. Necesitaba demostrarle a Loukas que estar embarazada no significaba estar inválida y necesitaba recuperar el control de su propia vida.

Más tarde, ese mismo día, Belle empezó a desear no haber pedido que la llevasen a Kea. Una vez allí, había tomado un autobús que la había llevado al pueblo más grande de la isla, Ioulida.

Era un lugar pintoresco, de calles estrechas, casas blancas y bonitas tiendas y tabernas. Los coches estaban prohibidos en el centro y Belle se sintió como si hubiese retrocedido en el tiempo, pero después de subir tantas escaleras con el calor del medio día, estaba agotada. Se detuvo a tomar un refresco en un bar y luego esperó el autobús que la llevaría de vuelta al puerto.

–¡Belle! ¡Menos mal!

Sorprendida al oír su nombre, se giró y vio a Chip corriendo hacia ella, casi sin aliento.

–¿Chip... va todo bien?

Él respiró profundamente antes de responder.

–Ahora, sí. Tengo que llamar a Loukas para decirle que te he encontrado.

Aquello la confundió.

–No estoy perdida. Y Loukas no sabe que estoy aquí.

–No, pero se ha vuelto loco al ver que habías desaparecido. Tenemos que volver a Aura.

Quince minutos más tarde estaban en el puerto, subiendo a la lancha motora de Loukas. Chip estaba más callado de lo habitual, y más serio, y cuando se acercaban a Aura, hizo una mueca al ver que un helicóptero los sobrevolaba.

–Ahí está Loukas.

Belle frunció el ceño.

–¿Por qué vuelve a casa tan temprano?

–Estaba preocupado por ti –comentó Chip–. Será mejor que vayamos a casa.

Loukas salió de la casa en el mismo momento en que ellos llegaban a las puertas del jardín. Bordeó la piscina y avanzó hacia Belle. Parecía furioso.

–¿Dónde demonios estabas? –inquirió–. ¿Por qué te has marchado así, sin decirle a nadie adónde ibas? Estaba muy preocupado...

Chip lo había llamado por teléfono y le había dicho que hacía varias horas que no veían a Belle, y que parecía no estar en la isla. El mensaje que le había enviado un rato después, contándole que Stavros la había llevado a Kea, no había menguado su preocupación.

–No quiero que vuelvas a hacerlo. Te prohíbo que salgas de Aura sin haberme informado antes.

–¿Me lo prohíbes? No tienes derecho a prohibirme nada. No eres mi dueño, Loukas. Ni siquiera estamos casados todavía y no vas a controlar mi vida. Si es así como vas a tratarme cuando sea tu esposa, he cambiado de idea y no quiero casarme.

Él la agarró del brazo y la fulminó con la mirada.

–No puedes cambiar de idea. No lo permitiré. No pretendo controlarte, pero, en algunas cosas, tendrás que hacerme caso.

–¿Y si no lo hago? –replicó ella enfadada–. ¿Utilizarás la fuerza para obligarme a obedecer? Como John. Viví toda la niñez asustada y me niego a volver a vivir así.

Se zafó de él y corrió hacia la casa. Loukas la siguió y la obligó a girarse y mirarlo.

–Déjame.

–*Thee mou*, Belle, cálmate.

Tenía el rostro manchado de lágrimas y estaba temblando de miedo.

–Jamás te haría daño –añadió, dolido porque tuviese miedo de él–. Vamos a sentarnos. Tenemos que hablar.

Fueron hacia las hamacas que había al lado de la piscina y Belle se dejó caer en una de ellas.

Loukas se pasó una mano por el pelo.

–¿Quién es John? –le preguntó–. Vamos a casarnos. No puede haber secretos entre nosotros.

–Es mi padrastro, aunque crecí pensando que era mi padre. Es complicado –dijo al ver que Loukas fruncía el ceño–. Mi madre estaba casada con John, pero tuvo una aventura y se quedó embarazada de mí. John la amenazó con quitarle la custodia de Dan si mamá lo dejaba. Así que se quedó con él y yo crecí pensando que era mi padre.

–¿Pero te trató mal?

Ella asintió.

–Sí, pero nunca me pegó delante de mamá ni de Dan, y yo tampoco se lo conté. Creía que lo merecía porque no me portaba bien. Aunque, incluso cuando lo intentaba, nunca estaba contento. Y yo no entendía por qué no me quería. Cuando mi madre falleció, hace tres años, John me contó la verdad, que era hija de otro hombre. No hemos vuelto a tener contacto desde el funeral.

–¿Y tu padre biológico, no tienes relación con él?

–No sé quién es. Mamá nunca me dijo nada. Tal vez tenga una familia por ahí de la que jamás formaré parte.

Apartó la vista de Loukas y miró hacia el mar.

–Por eso accedí a casarme contigo –susurró–. Quiero que mis bebés crezcan con un padre para que se sientan completos y queridos.

–Eso no lo dudes –le aseguró Loukas–. Querré a mis hijos como mis padres me quisieron a mí.

Como habría querido a su primer hijo si le hubiesen dado la oportunidad, pensó.

Observó a Belle y sintió rabia contra su padrastro. Entendió que valorase tanto su independencia y se dio cuenta de que quería que fuese feliz con él.

–No quiero controlarte –le dijo en voz baja–. Solo quiero que tanto los bebés como tú estéis bien.

–Supongo que tenía que haberle dicho a alguien adónde iba –admitió ella–. Solo necesitaba airearme un poco y no pensé que fuese grave marcharme a Kea.

–Nuestra futura boda está ya en todas las revistas y soy un hombre muy rico. Como prometida mía, podrías ser un posible objetivo de bandas de secuestradores –le explicó Loukas–. Por eso quiero que me prometas que, a partir de ahora, no irás a ninguna parte sola.

–¿Por eso eres tan protector con Larissa? –le preguntó Belle.

Él asintió.

–Tal vez sea demasiado protector, pero cuando viví en Nueva York presencié cosas que jamás olvidaré –le contó, emocionándose.

Nunca hablaba de su pasado, pero tenía que intentar explicarle a Belle por qué quería controlar todas las situaciones.

–Mi padre fue asesinado delante de mí. No pude salvarlo ni protegerlo de una banda que, drogada y con armas, entró a robar en la tienda. Cuando mi padre intentó razonar con ellos, le dispararon.

A Belle se le detuvo el corazón al oír aquello.

–Oh, Loukas –exclamó, agarrándole la mano.

–No quiero que pienses en Aura como en una prisión, Belle. Quiero que sea tu hogar, donde podremos criar a nuestros hijos en un ambiente seguro.

Ella asintió.

–Ahora lo entiendo. Y me encanta Aura. No me importa estar aquí.

–¿Significa eso que el problema soy yo? –le preguntó Loukas mirándola a los ojos–. Porque no soy como tu padrastro. Te juro que jamás te haría daño.

Se acercó a ella y la besó tan lenta y dulcemente que Belle se puso a llorar. Lo abrazó por el cuello y él la levantó para llevarla al dormitorio.

Habían ocupado habitaciones separadas desde que Loukas la había llevado a Aura, pero en esos momentos, tumbada en su cama, besándolo, Belle deseó hacer el amor con él. Era el padre de sus hijos y tenían un vínculo que los acompañaría durante el resto de sus vidas.

Suspiró de placer y pensó que allí era donde quería estar, entre sus brazos, sintiendo sus besos y sus caricias.

Loukas había perdido la cuenta de las noches que había pasado en vela pensando en Belle. En esos momentos, la tenía allí.

Pero la situación había cambiado. Belle estaba embarazada. Levantó la cabeza y el corazón se le encogió al verla sonreír. De repente, se puso tenso. No quería necesitarla. No quería que significase nada para él. La vida le había enseñado que era más fácil no implicarse para no sufrir.

Belle se preguntó por qué Loukas se había puesto

tenso de repente. Porque había dejado de besarla y no la miraba.

–Debes de estar cansada después del paseo por Kea –le dijo–. Descansa y ya nos veremos en la cena.

Y ella se sintió como si acabase de recibir una bofetada. Tal vez ya no la desease, porque su cuerpo había empezado a cambiar con el embarazo.

Las dudas acerca de la boda volvieron a asaltarla. De repente, el futuro volvía a parecerle terriblemente incierto.

Capítulo 10

B ELLE terminó de hablar por el teléfono móvil y cerró los ojos un momento, tenía ganas de llorar. Cuando los abrió de nuevo vio a Loukas en la puerta de la habitación.

–He venido a ver si estás preparada. La fiesta empieza a las siete y deberíamos salir ya –le dijo, frunciendo el ceño al ver que tenía los ojos brillantes–. ¡*Thee mou*! ¿Qué te pasa?

–Era Jenny, la gerente. Han vendido el almacén en el que está el estudio y tenemos un mes para marcharnos –le dijo con voz entrecortada–. He estado buscando otro posible local para Wedding Belle por Internet, pero todavía no ha encontrado nada que sea adecuado y asequible. Y hay que tener en cuenta tantas cosas. Tendré que volver a hacer tarjetas y sobres con la dirección nueva, además de los costes de la mudanza. Tendré que volver a Londres justo después de la boda.

Loukas se puso tenso.

–Entonces, ¿sigues empeñada en seguir al frente de la empresa?

–Sí, por supuesto. Nada me haría dejar Wedding Belle. No tienes ni idea de lo importante que es para mí –le explicó, al ver que Loukas fruncía el ceño–. Levantar mi negocio es la única cosa de la que estoy orgullosa de mí misma. John estaba convencido de que fracasaría, pero mi madre confiaba en mí. Mamá falleció cuando todavía estaba montando Wedding Belle, pero sé que se habría sentido orgullosa de mí.

Se pasó una mano por las pestañas húmedas y no vio que Loukas la miraba con curiosidad, ni que su disgusto también le afectaba a él.

–Supongo que es una tontería, pero tener mi propio negocio me hace sentirme como si fuese alguien –le confesó–. No sé quién es mi padre, pero Wedding Belle me da una identidad.

–Por supuesto que eres alguien –le aseguró él, poniéndole la mano debajo de la barbilla para que lo mirase–. Eres una joven bella y con talento, que pronto será madre. Mañana estaré orgulloso de ser tu esposo. No me había dado cuenta de lo mucho que significaba Wedding Belle para ti –continuó–. Y estoy seguro de que tu madre se sentiría muy orgullosa.

Dudó antes de continuar.

–¿Has pensando en la posibilidad de establecer la empresa en Grecia? Yo podría ayudarte a encontrar un estudio en Atenas.

–Es una idea –respondió ella despacio–. Me preguntaba cómo haría para trabajar en Londres cuando naciesen los bebés. Pero todavía no hablo griego, y me intimida la idea de montar el negocio en un país extranjero.

–Grecia será tu hogar –le recordó él.

–Supongo que sí. Sé que tienes dudas de que pueda

compaginar la maternidad con mi negocio, pero yo estoy segura de que lo lograré. Te prometo que consideraré la idea de buscar un estudio en Atenas.

La fiesta era para recoger fondos para una organización benéfica y tenía lugar en los elegantes jardines de uno de los hoteles de cinco estrellas más prestigiosos de Atenas. Entre la lista de invitados había ministros del gobierno y muchos personajes famosos.

—Creo que deberías sentarte un rato —murmuró Loukas, sacando a Belle de la pista de baile—. Llevas de pie toda la noche y no quiero que te canses demasiado.

—No estoy cansada —protestó ella, deseando seguir entre sus brazos, con sus cuerpos pegados, balanceándose al ritmo de la música.

Durante un rato, incluso había sido capaz de fingir que eran como una pareja normal que estaba enamorada y deseando casarse.

—No puedo creerme que se me note tanto el embarazo —comentó Belle al ver su reflejo en uno de los espejos del salón de baile.

Loukas siguió la dirección de su mirada.

—Estás preciosa esta noche —le aseguró, notando cómo su cuerpo cobraba vida.

Pero tuvo que mantener la libido a raya al ver que la anfitriona de la fiesta se acercaba a ellos.

—Espero que estéis divirtiéndoos —les dijo Gaea Angelis amablemente—. Loukas, creo que Zeno quiere hablar contigo de un proyecto en la biblioteca.

Él miró a Belle.

–¿Te importa si te dejo sola unos minutos? Siéntate, ¿eh? No deberías estar de pie mucho tiempo.

–Es muy protector, ¿verdad? –comentó Gaea cuando Loukas se hubo alejado–. Y mañana es vuestra boda. ¿Estás nerviosa, Belle?

Estaba más bien preocupada. No dudaba que casarse con Loukas fuese lo mejor para sus bebés, pero sabía que era un matrimonio de conveniencia... para Loukas, que quería a sus hijos. Ese era el único motivo por el que iba a casarse con ella.

Belle se obligó a sonreír.

–Sí, estoy deseando que llegue el momento.

–Me alegra ver a Loukas tan contento. Jamás pensamos que se establecería, después de que terminase su relación con Sadie tan de repente.

Belle se puso tensa y preguntó con naturalidad.

–¿Era Sadie la mujer con la que iba a casarse?

–Sí, Sadie Blaine, supongo que habrás oído hablar de ella. Es una gran estrella de Broadway, y ahora está teniendo también mucho éxito en Hollywood.

A Belle le sorprendió la noticia. Sadie Blaine era una actriz, bailarina y cantante estadounidense, una estrella internacional que, además de tener mucho talento, era muy guapa.

–Loukas se quedó destrozado con la ruptura, pero se negó a hablar del tema –le explicó Gaea–. Aunque ahora va a casarse contigo, y yo estoy segura de que vais a ser muy felices juntos.

Belle se preguntó si serían felices mientras sobrevolaban Atenas en el helicóptero que los llevaba a

Aura. ¿Sería Loukas feliz con ella, o desearía siempre haberse casado con aquella actriz que, según Larissa, había sido el amor de su vida?

Ambos fueron en silencio durante todo el viaje. Loukas parecía perdido en sus pensamientos y Belle se sentía enferma de celos al imaginárselo con la increíble Sadie Blaine. Cuando el helicóptero hubo aterrizaron e iban andando hacia la casa, no pudo evitar hacerle la pregunta que llevaba rondándola desde que había hablado con Gaea Angelis.

–¿Por qué no me has contado que estuviste prometido a Sadie Blaine?

–Supongo que te lo ha cotilleado Gaea –dijo este–. No te lo he contado porque no es importante.

–Pero ¿estuviste enamorado de ella?

Loukas tardó tanto en responder que Belle pensó que no iba a hacerlo.

–Sí –admitió por fin, intentando zanjar el tema con su tono de voz.

Belle se mordió el labio y continuó:

–Yo no me parezco en nada a Sadie. Quiero decir, que es increíblemente bella y una estrella famosa en el mundo entero. La vi en un programa de televisión el año pasado y es impresionante. Es la mujer con la que soñaría cualquier hombre.

Mientras que ella pronto estaría gorda y torpe, pensó con tristeza.

–Estoy de acuerdo en que no te pareces en nada a Sadie –le dijo Loukas–, pero ella forma parte del pasado. Me voy a casar contigo.

Solo porque estaba embarazada. Belle estaba segura de que, de no haber sido por eso, habría terminado casándose con alguna mujer bellísima y de clase alta.

Lo siguió hasta la casa con la misma sensación de incompetencia que a menudo había tenido con John durante la niñez. Este le había hecho sentir como si no valiese lo suficiente como para merecer su amor, y en esos momentos estaba segura de que Loukas la veía como una segunda opción en comparación con la estrella con la que había querido casarse. ¿Era ese el motivo por el que no le había hecho el amor la noche anterior? ¿Seguiría deseando a su ex?

–¿Subimos un rato a la terraza? –sugirió él.

Era una costumbre que habían adquirido desde su vuelta a Aura y de la que Belle había disfrutado hasta entonces, pero esa noche no tenía ganas de estar a solas con él.

–Me voy a la cama –respondió–. Mañana va a ser un día muy movido.

Subió las escaleras rápidamente, pero Loukas la alcanzó en la puerta de su dormitorio.

–¿Qué te pasa, *agape*?

–Nada –murmuró ella–. Que no sé qué va a ser de Wedding Belle ahora que he perdido el estudio. Y me asusta la posibilidad de no ser una buena madre, no sé nada de bebés. Además, esta noche he descubierto que, probablemente, tú desees casarte con otra.

–Eso no es cierto –le aseguró él–. Quiero casarme contigo, Belle.

Loukas vio una lágrima en su mejilla y la abrazó con fuerza, no pudo seguir controlándose. Sabía que tenían que hablar, pero en esos momentos solo quería perderse en la dulzura de su cuerpo y olvidarse de todo menos de hacerle el amor.

Bajó la cabeza y la besó, y notó que le temblaban los labios, pero después de un momento de inseguridad, Belle le devolvió el beso. Jamás podría cansarse de ella. La tomó en brazos, empujó la puerta del dormitorio y la llevó hasta la cama.

Belle contuvo la respiración mientras Loukas recorría su garganta a besos y bajaba después hacia el escote. Su pasión despejó toda duda acerca de si la encontraba atractiva. Notó cómo le bajaba la cremallera del vestido con torpeza y lo oyó gemir al dejar sus pechos en libertad. Después terminó de bajarle el vestido con prisas. Belle se sintió incómoda e intentó taparse el estómago.

–Mi cuerpo está cambiando –susurró, mordiéndose el labio inferior.

–Por supuesto, y embarazada estás más bella que nunca –le aseguró él, acariciándole los pechos y besándole el vientre.

Después le quitó las braguitas y pasó la boca por el triángulo de rizos rubio que tenía entre las piernas, acariciándola con la lengua y haciendo que se estremeciese de placer. Luego se apartó un momento para desnudarse apresuradamente y volver a tumbarse a su lado.

–Belle *mou* –le susurró antes de pasar la lengua por sus pechos.

No podía desearla más, pero tenía que ir despacio. La acarició entre las piernas hasta hacerla gemir y solo entonces la penetró con cuidado, controlándose hasta ver que a Belle se le oscurecían los ojos y estaba a punto de llegar al clímax, en ese momento se dejó llevar y notó cómo los músculos internos de Belle se contraían al tiempo que él se vaciaba en su interior.

Después la abrazó con fuerza hasta que sus respiraciones se tranquilizaron.

A través de la ventana abierta se oía el suave sonido de las olas, tan rítmico y reconfortante como el latido del corazón de Loukas, y Belle se quedó dormida sintiéndose segura entre sus brazos.

Lo primero que vio Belle nada más abrir los ojos fue una rosa roja sobre la almohada. Sonrió y se sintió feliz. Todo iba a salir bien.

En realidad, no había cambiado nada. Loukas iba a casarse con ella porque estaba embarazada, pero la noche anterior le había demostrado que la deseaba, ya que le había hecho el amor con tanta ternura y tanta pasión, que estaba segura de que podían conseguir que su matrimonio funcionase. Tal vez no la amase, pero la amistad y el respeto eran una base para su relación y, tal vez, con el tiempo, llegase a tenerle cariño.

La boda iba a ser íntima. Solo estarían Larissa y Georgios, y el personal de la casa, porque Dan tenía una sesión de fotos en Nueva Zelanda. No obstante, les había prometido que iría a verlos a Aura en cuanto pudiese.

–*Ise panemorfi*, muy bella –declaró Maria después de ayudar a Belle a ponerse el vestido de novia.

–Espero que Loukas piense igual –murmuró ella.

Llevaba un vestido de seda color marfil. Jamás había imaginado que se haría su propio vestido de novia, ya que no había planeado casarse, y unos minutos antes de la boda, no podía evitar estar nerviosa.

En ese momento sonó su teléfono móvil. Era Jenny, que quería desearle buena suerte.

–¿Adónde vais de luna de miel? –le preguntó.

–A ninguna parte. Quiero volver a Londres lo antes posible para encontrar otro local para Wedding Belle. Porque supongo que los nuevos dueños no te habrán dado un plazo más amplio para hacer la mudanza.

–Me temo que no. La persona con la que he hablado de Poseidon Developments me ha dicho que van a convertir el almacén en un edificio de pisos de lujo.

–Poseidon Developments... ¿Estás segura de que ese es el nombre de la empresa que ha comprado el almacén?

–Sí –contestó Jenny–. ¿No era Poseidón un dios griego?

–Sí.

Belle se despidió de Jenny con una sensación extraña en el estómago. Loukas tenía una filial que también se llamaba así. De hecho, un día charlando con Chip, le había contado que Christakis Holdings tenía varias filiales con nombre de dioses griegos. Pero si Loukas fuese el nuevo dueño del almacén, no le importaría que su estudio siguiese allí, a no ser que quisiese que Wedding Belle cerrase.

—Estás increíble, Belle —la saludó Chip sonriendo y tendiéndole un ramo de rosas rojas—. El jefe me manda traerte esto. No sé si sabes que le das luz a su vida.

Aquellas palabras le llegaron a Belle al corazón. Había creído conocer a Loukas, pero en esos momentos se daba cuenta de que no era así.

—¿Todo listo? —le preguntó Chip, ofreciéndole el brazo—. Será mejor que salgamos hacia la iglesia.

Ella dudó un instante, se mordió el labio inferior.

—Chip, ¿tiene Loukas una empresa llamada Poseidon Developments?

—Sí. ¿Por qué?

—Por nada.

Belle entró en la iglesia agarrando las rosas con fuerza. Su vista tardó unos segundos en acostumbrarse a la oscuridad y, cuando lo hizo, vio a Loukas esperándola en el altar y sintió pánico. ¿Confiaba en él? El hecho de que tuviese una empresa que se llamase igual que la que acababa de comprar el almacén tenía que ser una coincidencia, pero ¿y si no lo era? ¿Y si había intentado deshacerse de Wedding Belle?

No pudo seguir andando. Chip la miró extrañado, pero ella no pudo continuar. No podía casarse con Loukas teniendo tantas preguntas en su mente.

Este se giró a ver por qué tardaba tanto en llegar al altar y Belle lo miró a los ojos y le rogó:

—Dime que Poseidon Developments, la empresa

que ha comprado el almacén de Londres y me ha obligado a que lo deje no es tuya.

Él se puso tenso y se quedó inmóvil.

—¡Oh, no! —susurró Belle con incredulidad—. ¿Por qué lo has hecho?

—Belle... —empezó él, acercándose.

Ella retrocedió y utilizó el ramo de rosas como escudo.

—Querías que cerrase Wedding Belle, ¿verdad? —le preguntó, desesperada—. Te dije que los niños serían lo primero. Pensé que eras diferente a John. Pensé que podía confiar en ti, pero eres igual que él. Quieres salirte con la tuya y te da igual a quién haces daño siempre y cuando lo controles todo.

—No, eso no es verdad —le dijo él, dando un paso hacia ella.

—¡Aléjate de mí! —le gritó Belle—. Y quédate con tus malditas rosas.

Le tiró el ramo con tanta fuerza que los pétalos de rosa cayeron sobre el suelo de la iglesia, como gotas de sangre de su corazón roto. Se hizo un horrible silencio, pero Belle no se quedó a escucharlo, se dio la media vuelta y salió por la puerta corriendo y con los ojos llenos de lágrimas.

Tomó el camino que llevaba a la playa, donde Loukas la alcanzó.

—Belle, por favor, tienes que escucharme —le pidió.

De repente, estaba pálido y demacrado, pero a Belle no le dio pena, estaba demasiado dolida.

—¿Por qué iba a hacerlo? Eres un falso y un mentiroso y no pienso casarme contigo.

—Tienes que hacerlo —le dijo él—. Tienes que casarte conmigo.

Ella levantó la barbilla, decidida a no demostrarle lo mucho que estaba sufriendo con su traición.

—¿Por qué? ¿Por el bien de los bebés? ¿Para que puedas ser su padre? Tal vez estén mejor sin padre que con un padre que quiere controlar a todo el mundo.

—No quiero controlarte —le aseguró él, con los ojos llenos de lágrimas y la voz temblorosa—. Solo quiero cuidar de ti. Y tienes que casarte conmigo, no por los bebés, ni por ningún otro motivo, solo porque... te quiero.

Belle palideció al oír aquello y cerró los ojos como para hacerlo desaparecer.

—¿Cómo puedes decir eso después de lo que has hecho?

—Porque es la verdad. Te quiero y te lo diré una y otra vez hasta que me creas.

—¿Cómo voy a creerte? —le preguntó Belle, limpiándose las lágrimas—. Sabías que, si perdía el estudio, sería difícil encontrar un local nuevo para Wedding Belle.

—Sí, lo sabía. Por eso lo hice —admitió Loukas—. Porque quería tenerte en Aura, donde estarías segura. Si pudiese, te envolvería entre algodones. No quería que te fueses a Londres. No quería que te alejases de mí. Quería que estuvieses siempre a mi lado para poder protegerte. Jamás olvidaré cómo murió mi padre. He visto lo peligroso que puede ser el mundo y no soporto la idea de que pueda pasarte algo. Perdí a mis padres y perdí a mi hijo. Sé que no he hecho bien, pero no podía soportar la idea de perderte a ti también.

Se pasó la mano por el pelo antes de continuar.

–Cuando me di cuenta de lo mucho que te importaba Wedding Belle, di instrucciones a mis abogados para que pusiesen el almacén a tu nombre. Podrás ampliar el estudio y, si decides montar una filial en Atenas, ya tengo un local disponible. Serás tú quien decida dónde basar la empresa, y yo apoyaré tu decisión, sea cual sea.

Belle intentó asimilar todo lo que acababa de oír.

–¿Perdiste a un hijo? –preguntó en voz baja–. ¿Qué ocurrió? ¿Quién...?

–Hace tres años, Sadie se quedó embarazada –le contó Loukas–, pero no quería el bebé y abortó.

Alargó la mano y Belle le dejó que entrelazase los dedos con los suyos y que la llevase hasta la orilla.

–Me enteré de que estaba embarazada porque se desmayó en un escenario y tuvieron que llevarla al hospital. Nada más saberlo, me emocioné con la idea de ser padre. Estaba deseando crear mi propia familia y querer a mi hijo como mis padres me habían querido a mí, pero, sin decirme nada, Sadie fue a una clínica y se deshizo del bebé.

Belle suspiró, no sabía qué decir.

–Lo siento mucho. ¿Por qué lo hizo?

–Por su carrera. No quería ponerla en peligro teniendo un hijo. Tampoco quería venir a vivir a una pequeña isla de Grecia conmigo –respondió Loukas en tono amargo.

Belle empezó a encontrar sentido a muchas cosas

e instintivamente, llevó la mano de Loukas a su estómago.

–Yo pensaba que Wedding Belle era lo único que me importaba, hasta que me quedé embarazada. No tenía ni idea de que me sentiría así.

No era capaz de expresar con palabras el amor y la necesidad de proteger a sus bebés que sentía.

–Sadie me destrozó el corazón, y juré que jamás volvería a enamorarme –le contó Loukas–, pero entonces te conocí. Vi una chica rubia y menuda esperando en el muelle de Kea y el corazón me dio un vuelco.

–¡Pero si intentaste mandarme de vuelta a Inglaterra!

–Por supuesto. Supe que tendría problemas contigo nada más verte, y que sin ti, mi vida en Aura ya no volvería a ser la misma.

Belle tenía el corazón acelerado y tuvo que tomar aire para poder hablar.

–Yo también lo sentí –admitió–. Cuando me subí al barco tuve la extraña sensación de que mi vida había cambiado para siempre. Y así fue. Tuvimos una experiencia sexual increíble, y todo se habría terminado ahí si no me hubiese quedado embarazada.

–¿De verdad piensas eso?

–Te despediste de mí en el aeropuerto y te alejaste sin mirar atrás.

–Tuve que hacer un esfuerzo enorme para no darme la vuelta y volver a abrazarte. Y tardé tres semanas en entrar en razón... y volver a por ti. Cuando fui a Londres a buscarte todavía no sabía que estabas embarazada.

Belle se dio cuenta de que eso era verdad, se le había olvidado.

—Me dijiste que estabas en Londres por trabajo.

—Te mentí. Fui a Londres porque me había dado cuenta de que estaba enamorado de ti.

Ella no respondió, solo lo miró con los ojos muy abiertos y siguió escuchando.

—Iba a pedirte que tuviésemos una relación, para conocernos mejor. Tenía pensado llevarte a cenar y regalarte flores, lo típico. Aunque te parezca cursi, quería hacerte feliz y tenía la esperanza de conseguir que te enamorases de mí.

Belle no podía creer lo que estaba oyendo.

—¿De verdad me quieres? —le preguntó en un susurro.

Él le acarició el pelo con mano temblorosa antes de contestar:

—Con todo mi alma y mi corazón. ¿Tanto te cuesta creerlo, *glikia mou*?

—Es que he deseado tanto que me quisieras —admitió entre lágrimas—. Las semanas que pasamos juntos fueron las más felices de mi vida. Te quiero, Loukas.

—Belle... —dijo él antes de abrazarla—. Te necesito en mi vida, mi preciosa Belle.

La besó con tanto cuidado y tanto respeto que Belle lloró todavía más.

—Pensé que siempre estaría sola —susurró—. Te quiero tanto.

Loukas la miró a los ojos y sintió cómo todo el cuerpo se le llenaba de amor. Luego se arrodilló delante de ella y se metió la mano en el bolsillo.

–Quería haberte dado esto hace tiempo –le dijo, poniéndole un anillo en el dedo–. ¿Vas a volver a la iglesia conmigo para convertirte en mi esposa, en mi amante y en el amor de mi vida?

El zafiro del anillo reflejaba el color del mar y los diamantes que lo rodeaban brillaban tanto como las lágrimas de Belle, que en esa ocasión eran lágrimas de felicidad. Ella se arrodilló también y lo abrazó.

–Claro que sí.

Epílogo

SIETE meses después nacían por cesárea sus mellizos. Belle se había sentido decepcionada cuando el ginecólogo la había recomendado que no tuviese un parto vaginal debido a que ella era estrecha de caderas y los niños, grandes. De camino al quirófano, Belle le había dicho a Loukas:

–Me siento fracasada.

–Eso no es posible, eres la mujer más increíble del mundo.

Y cuando le habían puesto a su hijo en brazos, seguido de la niña poco después, Belle se había olvidado de su deseo de dar a luz rodeada de velas con un disco de cantos de ballenas de fondo.

–Están bien y eso es lo que importa –le susurró a Loukas, mientras ambos miraban a los bebés, que dormían en sus cunas.

Los habían llamado Petros y Anna, como los padres de Loukas, y los habían llevado a Aura cuando habían cumplido las dos semanas.

–Cuando sea mayor, me llevaré al niño a pescar, como hacía mi padre conmigo –prometió Loukas, acariciándole el brazo al bebé.

–Y a Anna también –le dijo Belle mirando a su hija–. No te olvides de ella.

–Por supuesto que a Anna también. Iremos todos. Somos una familia.

Puso el brazo alrededor de la cintura de Belle y añadió:

–Quiero a nuestros hijos con todo mi corazón, pero tú, señora Christakis, eres el amor de mi vida.

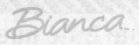

Era una tentación peligrosa, pero irresistible...

Para evitar que su corazón quedara hecho pedazos en manos de Darius Maynard, la empleada de hogar Chloe Benson había abandonado su amado pueblo. Al regresar a casa años después, aquellos pícaros ojos verdes y comentarios burlones todavía la enfurecían... ¡y excitaban!

Darius sintió una enorme presión al verse convertido repentinamente en heredero. Sin embargo, siempre había sido la oveja negra de la familia Maynard. Y no tenía intención de cambiar algunos de sus hábitos, como el de disfrutar de las mujeres hermosas.

El final de la inocencia

Sara Craven

Deseo

Seis años después

ANNA CLEARY

Un sexy italiano debería ser suficiente para alegrarle la vida a Lara. Si no fuera porque ese hombre tan increíble no era solo su nuevo jefe, sino la última persona que ella esperaba ver de nuevo… ¡y el padre de su hija!

Ahora se encontraba a las órdenes de Alessandro y él tenía en mente algo más que trabajo. ¿Cómo debía contarle que tenía una hija? Él le había pedido que entrara en su despacho, ¡pero sus exigencias se habían extendido al dormitorio!

Haciendo horas extras con el jefe

¡YA EN TU PUNTO DE VENTA!

Bianca.

Ella sentía especial predilección por lo prohibido…

La noticia de que Veronica St. Germaine, la popular y frívola diva del mundo del corazón, se había regenerado y estaba dispuesta a convertirse en soberana de un principado del Mediterráneo había revolucionado a todos los medios de comunicación.

El cargo exigía que el guardaespaldas Rajesh Vala la protegiese a toda costa. Pero Veronica no había sido nunca muy amiga de aceptar órdenes de nadie y no le iba a poner las cosas fáciles. Él había decidido llevarla a su casa de la playa para que estuviera más segura, pero ella se sentía prisionera allí. Ambos habían comprendido desde el primer momento que la atracción mutua que había surgido entre ellos podría ser un problema…

Cautiva y prohibida

Lynn Raye Harris